눈 이야기

HISTOIRE DE L'ŒIL

by Georges Bataille

First published in France HISTOIRE DE L'ŒIL 1928
이재형 © 2017 by VICHE

The Pornographic Imagination
by Susan Sontag.
Copyright © Susan Sontag, 1967, used by permission of The Wylie Agency (UK) Limited.

《눈 이야기HISTOIRE DE L'ŒIL》는 1928년 프랑스에서 처음 출판된 이래, 1940년, 1941년, 1967년, 세 차례에 걸쳐 개정판으로 거듭 출간되었습니다. 처음 세 번은 '로드 오슈'라는 필명으로, 마지막은 본명인 조르주 바타유의 이름으로 발표되었습니다. 이 책은 갈리마르 출판사에서 간행된 전집에 실린 네 번째 판본(HISTOIRE DE L'ŒIL, Oeuvres complètes I, Gallimard, 1970.)을 번역 저본으로 삼고, 영어판《Story of the Eye》, City lights books, 1987.과 일본어판《眼球譚》, 河出文庫, 2003.을 참고했습니다.

눈 이야기

HISTOIRE DE L'ŒIL

I

조르주 바타유_이재형 옮김

비채

HISTOIRE DE L'ŒIL

차
례

**HISTOIRE
DE L'ŒIL**

당신은 생각이 너무 많다.
인간의 범주는 영원이나 영성 혹은 지성만이 아니다.
우리는 태초부터 짐승이었다. _조르주 바타유

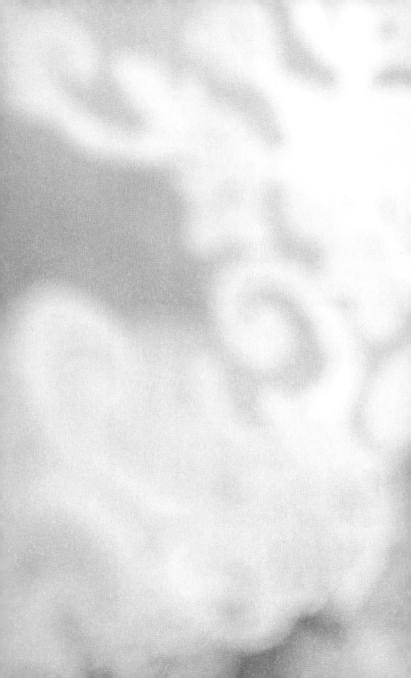

1부

이야기

Histoire de l'œil

1
고양이 눈

나는 무척 외롭게 자랐고, 가물가물한 기억까지 떠올려본다면 모든 성적인 것에 극도로 불안을 느꼈다. 열여섯 살이 될 무렵, 나는 X라는 해변에서 시몬이라는 내 나이 또래의 소녀를 만났다. 우리 두 집안은 먼 친척 간이었으므로 처음부터 우리의 관계는 급속도로 진전되었다. 서로 알게 되고 사흘 후, 시몬과 나는 그녀의 별장에 단둘이 남게 되었다. 그녀는 빳빳하게 풀을 먹인 흰색 칼라가 달린 검은 앞치마를 두르고 있었다. 내가 그녀를 보면서 느꼈던 불안감을, 그날 그녀가 앞치마 밑으로는 완전히 발가벗고 있기를 내가 바라면 바랄수록 더욱 깊어지던 불안감을 그녀 역시 느끼고 있음을 알아챘다.

그녀는 무릎 위까지 올라오는 긴 실크 양말을 신고 있었는데, 그녀의 엉덩이(내가 시몬에 대해 늘 썼던 이 명사는 특히 나에게는 성을 뜻하는 명사 중에서 가장 아름다운 것이었다)까지는 보이지 않았다. 나는 단지 앞치마를 좌우로 살짝 벌리면 그녀의 음란한 부위를 적나라하게 볼 수 있지 않을까 하고 생각할 따름이었다.

한편, 복도 한 모퉁이에는 고양이가 먹을 우유를 담아놓은 접시가 하나 있었다.

"접시란 건 앉으라고 만들어진 거야, 안 그래? 틀림없어. 난 접시에 앉겠어."

시몬이 말했다.

"넌 절대로 그럴 수 없어."

나는 숨을 죽이다시피 하면서 대답했다.

지독히 더운 날씨였다. 시몬이 접시를 자그마한 걸상 위에 올려놓더니 내게서 눈을 떼지 않으면서 그 앞에 앉았고, 나는 그녀가 치마 밑의 타는 듯 뜨거운 엉덩이를 차가운 우유에 담그는 것을 보지 못했다. 뻣뻣해진 내 음경이 바지를 팽팽하게

12

당기는 모습을 그녀가 바라보는 동안 나는 얼굴이 벌게진 채 몸을 떨면서 잠시 꼼짝하지 않고 서 있었다. 그러고는 나는 꼼짝 않고 있는 그녀의 '장미색과 검은색' 살을 처음으로 보게 되었다. 우리는 둘 다 당황한 채 오랫동안 움직이지 않고 그렇게 있었다……

느닷없이 그녀가 몸을 일으키자, 우유가 그녀의 다리를 따라 양말까지 방울방울 떨어지는 것이 보였다. 그녀는 한쪽 발을 작은 걸상 위에 올려놓은 채 내 머리 위쪽에서 수건으로 골고루 우유를 닦아냈고, 나는 방바닥 위에서 움직이며 불룩한 음경을 바지 위로 격렬하게 문질렀다. 이렇게 해서 우리는 서로의 몸에 손을 대지 않고서도 거의 같은 순간에 오르가슴에 도달했다. 그리고 그녀의 어머니가 돌아왔을 때 낮은 안락의자에 앉아 있던 나는, 소녀가 어머니의 품속에 다정하게 몸을 웅크리고 있는 순간을 이용했다. 나는 그녀의 어머니가 보지 못하게 앞치마를 슬며시 들어올린 뒤, 타는 듯 뜨거운 두 다리 사이의 엉덩이 밑으로 손을 쑤셔넣었던 것이다.

나는 다시 한번 용두질하고 싶은 격렬한 욕망에 전율하며 뛰어서 집으로 돌아갔다. 다음 날 저녁, 시몬은 내 눈 둘레에 검은 무리가 져 있는 것을 오랫동안 뚫어져라 바라보더니 내 어깨에 얼굴을 묻으며 진지하게 말했다.

"이제 난 네가 나 없이 수음하는 걸 원치 않아."

이렇게 해서 소녀와 나 사이에는 너무나 밀접하고 너무나 의무적이어서 서로를 보지 않고는 일주일을 넘기기가 불가능할 정도의 애정관계가 성립되었다. 그러나 사실 우리는 그런 얘기를 단 한 번도 한 적이 없었다. 내 앞에서 그녀도 나와 비슷한 감정을 느낀다는 것은 짐작할 수 있었지만, 그것을 말로 설명하는 일은 어려운 일이었다. 어느 날인가 전속력으로 차를 몰던 우리가 자전거를 타고 가던, 나이가 아주 어리고 꽤 예쁜 듯했던 한 소녀를 친 일이 생각난다. 소녀의 목은 자동차 바퀴에 의해서 거의 떨어져나간 상태였다. 우리는 죽어 있는 그 소녀를 바라보느라 차에서 내리지도 않고 오랫동안 수미터 바깥에 머물러 있었다. 한편으로는 역겹기도 하고 한편으로는 무척 아름답기도 한, 피로 물든 살덩어리가 불러일으키는 공포와 절망의 감정은 우리가 평소에 서로를 보면서 갖는 느낌과 거의 동등했다. 시몬은 키가 크고 아름답다. 그녀는 평소에는 매우 단순하다. 시선에도, 목소리에도 절망적인 것이 전혀 담겨 있지 않다. 그러나 관능의 영역에서라면 그녀는 사람을 혼란시키는 모든 것에 대해 돌연 탐욕스러워진다. 거의 들릴 듯 말듯한 소리로 부르기만 해도 그녀의 얼굴에는 예를 들면 피, 숨 막힘, 돌연한 공포, 범죄처럼 격렬한 성욕과 연관되는 모든 것을, 인간의 지복과 성실성을 무한정으로 파괴시키는 모든 것을 직접적으로 상기시키는 특징이 단번에 떠오른다. 그녀가 우유 접시에 앉았던 그날, 나는 처음으로 그녀가 그렇게 아무 소리도 없이 오직 경련만을(나도 함께했던) 일으키는 걸 보았다. 사실 우리는 거의 비슷한 순간에만 서로를 뚫어지게 바라본다. 그리고 우리는 오르가슴에 이어 잠시 긴장이 풀리는 순간에만 마음이 진정되어서 놀이를 한다.

그렇지만 나는 우리가 꽤 오랫동안 성교를 하지 않았다는 말을 해야겠다. 우리는 단지 비관습적인 행위에 몰두하기 위해 모든 상황을 이용했을 뿐이었다. 오히려 우리는 수치심이 조금도 부족하지 않았으나, 무언가 거역 못 할 것이 우리로 하여금 가능한 한 음란하게 그 수치심을 무릅쓰도록 만들었다. 그리하여 더는 혼자 수음하지 말라고 내게 부탁한 다음(우리는 절벽 꼭대기에서 만났다) 그녀는 내 반바지를 벗기고 나를 땅에 드러눕게 한 뒤 치맛자락을 완전히 걷어올리고서 등을 돌린 채 내 배 위에 앉아 오줌을 싸기 시작했다. 나는 막 만들어진 내 정액이 이미 미끈미끈하게 만들어놓은 손가락 하나를 그녀의 엉덩이에 찔러넣었다. 그러고 나서 그녀는 내 음경 아래 두 다리 사이로 머리를 디밀고 엉덩이를 쳐들어 엎드리더니 그녀의 엉덩이 높이까지 머리를 들고 있는 나를 향해 몸을 들어올렸다. 이렇게 해서 그녀는 두 무릎을 내 양쪽 어깨에 기대게 되었다.

"넌 엉덩이에 닿을 정도로 오줌을 쌀 순 없지?"

그녀가 물었다.

"응."

나는 대답했다.

"하지만 네가 그렇게 있으니까 내 오줌은 당연히 네 옷과 얼굴에 떨어질 거야."

"물론 그렇겠지."

그녀가 이렇게 결론지었다.

그래서 나는 그녀의 말대로 했고, 그렇게 하자마자 나는 이 번에는 꽤 많은 정액으로 그녀를 적시고 말았다.

그러는 동안 우리의 벌거벗은 몸뚱어리와 젖은 속옷과 정액 냄새에 바다 냄새가 한데 섞였다. 날이 차츰 어두워졌다. 어떠 한 불안감도 없이 꼼짝 않은 채 우리가 계속해서 그런 기이한 자세를 취하고 있을 때 풀 밟히는 소리가 들려왔다.

"움직이지 마, 제발."

시몬이 내게 부탁했다.

발소리가 멈췄지만, 우리는 누가 다가오는지 볼 수 없었다. 우리 두 사람의 숨소리가 동시에 멈췄다. 그렇게 들어올려진 시몬의 엉덩이는 도저히 거부할 수 없는 애원을 하는 것처럼 보였다. 깊숙이 갈린 좁고 우아한 두 개의 볼기는 완벽했다. 나 는 누군지 알 수 없는 그 남자 혹은 여자가 시몬의 엉덩이를 보 면 금세 굴복하여 쉴 새 없이 수음하지 않을 수 없으리라는 사 실을 믿어 의심치 않았다. 황급한 발걸음이 다시 시작되더니, 우리 여자 친구 중에서 가장 순수하고 가장 감동적이며 매혹적 인 금발의 소녀 마르셀이 불쑥 모습을 드러냈다. 하지만 우리 는 소름끼치는 자세로 너무도 단단하게 결합되어 있어서 손가락 하나 옴짝할 수 없었고, 돌연 흐느껴 울며 풀밭에 무너지듯 주저앉아 몸을 웅크린 것은 우리의 불쌍한 여자 친구였다. 겨우 그때서야 우리는 비정상적인 포옹을 풀고서 아무렇게나 내 맡겨진 한 육체에게 덤벼들었다. 시몬은 마르셀의 치마를 걷어 올리고 팬티를 벗기더니 도취된 듯한 표정을 지으며 자기 것만큼이나 아름답고 순수한 새로운 엉덩이를 내게 보여주었다. 시몬은 흐느낌을 참지 못하는 기묘한 마르셀의 허리를 두 발로 눌렀고, 나는 그런 시몬의 엉덩이를 흔들면서 밀치는 듯 마르셀의 엉덩이를 껴안았다.

"마르셀, 제발 부탁인데 이젠 울지 마, 네가 내 입에 키스해 줬으면 좋겠어……."

나는 소리쳤다.

시몬은 마르셀의 몸 여기저기에 애정 가득한 입맞춤을 퍼부으며 마르셀의 곧고 아름다운 머리칼을 쓰다듬었다.

하늘에서는 금방이라도 비바람이 한바탕 쏟아져내릴 듯했다. 바람 한 점 없이 찌는 듯하던 낮 동안의 답답함을 해소시키려는 듯 어둠이 내리면서 굵은 빗방울이 떨어지기 시작했다.

바다가 내는 엄청난 소리는 긴 천둥소리에 벌써부터 압도당했고, 번갯불이 번적일 때마다 두 처녀가 입을 다문 채 엉덩이를 흔들고 있는 모습이 대낮처럼 환하게 드러났다. 어떤 난폭한 열광이 우리 세 사람의 육체를 부추기고 있었다. 두 개의 젊은 입술이 내 엉덩이와 불알, 음경을 다투었고, 어떤 괴물의 포옹에서 벗어나려는 듯 침과 정액으로 축축해진 여자의 두 다리를 나는 계속해서 벌리고 있었다. 괴물이란 내 움직임의 극도의 난폭함 같은 것이었다. 결국에는 따뜻한 빗물이 억수처럼 쏟아지더니 완전하게 발가벗고 있는 세 사람의 몸뚱이를 따라 철철 흘러내렸다. 엄청난 천둥소리가 우리를 뒤흔들어놓을 때마다 우리의 광기는 더욱 뜨거워졌다. 번개가 치면 우리는 광기에 찬 고함을 내질렀다. 진흙 웅덩이를 찾아낸 시몬이 미친 듯이 자기 몸에 진흙을 발랐다. 소낙비가 내리치는 가운데 그녀는 진흙투성이인 자기 두 다리로 내 머리를 죄는 한편, 얼굴을 진흙탕에 이리저리 굴리며 수음으로 격렬한 성적 쾌감을 맛보고 있었다. 그와 동시에 그녀는 진흙탕 속에서 한쪽 팔을 마르셀의 허리 뒤로 둘러 엉덩이를 꽉 껴안은 채 난폭하게 흔들어대면서 손으로는 넓적다리를 잡아당겨 힘차게 좌우로 벌렸다.

2
노르망디산 장롱

그때부터 시몬은 엉덩이로 달걀을 깨는 기벽을 갖게 되었다. 달걀을 깨기 위해 그녀는 물구나무를 서듯 응접실 안락의자 위에 머리를 두고 등은 등받이에 붙인 채, 두 다리는 나를 향해 구부렸고, 나는 그녀의 얼굴에 정액을 쏟기 위해 용두질을 계속했다. 그러고 나서 그녀의 항문 바로 위에 달걀을 놓으면, 그녀는 둔부 사이의 깊숙한 틈 속에 그걸 넣어 솜씨 좋게 즐겼다. 정액이 분출해서 그녀의 눈 위로 흘러내리기 시작하면 엉덩이가 죄어지면서 달걀이 깨지고, 그녀는 오르가슴에 도달하는 한편, 나는 그녀의 엉덩이에 얼굴을 묻고 엄청난 오물 속에 잠겨

버리는 것이다.

언제 어느 때라도 별장 응접실에 들어올 수 있었던 그녀의 어머니는 도저히 정상적이라고는 할 수 없는, 흡사 말을 훈련시키는 것 같은 이 광경을 뜻하지 않게 보게 되었다. 하지만 모범적인 생활을 영위하는 한없이 선량한 그 여인은 한동안 아무 말 없이 우리의 놀이를 바라보고만 있어서 우리는 전혀 눈치채지 못했다. 나는 그녀가 너무나 놀란 나머지 말문이 막혔던 것이 아닌가 하고 생각했다. 그리고 그 짓을 끝내고 이리저리 흩어진 것들을 정돈하기 시작하던 우리는 그녀가 방문의 문틀을 끼우려고 만들어놓은 벽 구멍에 서 있는 것을 보게 되었다.

"아무도 없는 것처럼 행동해."

시몬은 이렇게 말하면서 계속해서 엉덩이를 닦았다.

실제로 우리는 그 여인이 가족사진 속의 한 인물로 축소되기라도 한 것처럼 유유히 그 방에서 나왔다.

그런데 며칠 뒤, 차고의 골조 속에서 나와 함께 체조를 하던 시몬이 불행히도 미처 보지 못한 채, 바로 그 아래 멈춰 서 있던 그녀의 어머니를 향해 오줌을 싸고 말았다. 그 우울한 과부는 옆으로 비켜서더니 절망적인 침착성을 잃지 않으면서 마냥

슬퍼 보이는 눈으로 위를 뚫어져라 쳐다보았고, 그 모습은 우리의 유희를 더욱 자극했다. 그러니까 시몬이 내 얼굴 앞에서 들보 위에 납작 엎드리며 웃음을 터뜨리는 바람에 엉덩이가 드러나게 되었고, 나는 그걸 보며 수음을 한 것이었다.

한편 우리는 일주일 이상 마르셀을 만나지 못하고 있다가 어느 날 거리에서 그녀와 마주치게 되었다. 수줍은 성격에 고지식할 정도로 독실한 신앙심을 가진 그 금발머리 소녀는 우리를 보자 얼굴이 새빨개졌다. 시몬은 놀랄 만큼 다정하게 그녀를 껴안았다.

"미안해, 마르셀. 저번 일이 엉뚱하긴 하지만 그렇다고 해서 우리가 친구가 되지 말란 법은 없어. 약속하는데 이젠 절대로 네 몸에 손대지 않을게."

시몬이 나지막한 목소리로 말했다.

의지가 현저히 약한 마르셀은 함께 우리 집으로 가서 다른 몇몇 친구들이랑 즐기자는 제안을 받아들였다. 그런데 우리는 차를 마시는 대신 얼음 채운 샴페인을 꽤 많이 마셨다.

얼굴이 불그레해진 마르셀을 보자 우리는 마음이 심하게 흔들렸다. 시몬과 나는 서로의 마음을 알았다. 우리는 곧 우리가 목적을 달성하기 위해 물불을 가리지 않을 것임을 확신했다. 마르셀 말고도 세 명의 예쁜 소녀와 두 소년이 있었고 여덟 명 중에서 가장 연장자가 열여덟 살이었다. 알코올의 효과는 분명하게 있었지만, 시몬과 나를 제외하면 우리가 원했던 만큼 흥분한 사람은 아무도 없었다. 축음기가 우리를 곤경에서 구해주었다. 시몬이 미친 듯이 찰스턴 춤*을 추면서 모두에게 엉덩이를 보여주었다. 다른 소녀들에게도 같은 식의 춤이 권유되었고, 충분히 즐기고 있던 소녀들은 거북해하지 않았다. 그날 그녀들은 바지 차림이었지만, 바지가 엉덩이를 느슨하게 죄고 있어서 보일 건 다 보이는 판이었다. 술에 취한 마르셀만이 침묵을 지키며 춤추기를 거부했다.

결국 시몬이 만취한 척하면서 식탁보를 구기더니 그걸 쳐들며 내기를 제안했다.

"나는 여러분 앞에서 이 식탁보에 오줌을 쌀 수 있어."

그녀가 말했다.

---

* 1920년대 미국 찰스턴에서 시작된 사교춤.

그 자리는 원래 대부분 수선스럽고 말 많은 소년소녀들의 우스꽝스런 모임이었다. 소년 중 하나가 내기에 응했고, 내기에 이긴 사람이 맘대로 벌칙을 내리기로 정리되었다…… 물론 시몬은 잠시도 머뭇거리지 않고 식탁보를 질퍽질퍽하게 적셨다. 그리고 그 환각적인 행위가 눈에 띌 정도로 그녀를 동요시키는 바람에 거기 있던 어린 미치광이들이 모두 헐떡거리기 시작했다.

"이긴 사람 맘대로이니까. 이제 내가 모두 앞에서 당신 바지를 벗기겠어."

시몬이 내기에 진 소년에게 말했다.

이 일은 전혀 아무런 어려움 없이 실행되었다. 바지가 벗겨졌고 셔츠도 벗겨졌다(그가 우스꽝스럽게 되는 걸 피하기 위해서). 그때까지는 심각한 일이 일어나지 않았다. 시몬은 벌거벗은 채 취해서 잔뜩 흥분해 있는 어린 남자 친구를 한 손으로 가볍게 쓰다듬고 있었다. 하지만 그녀 머릿속은 온통 조금 전부터 내보내달라고 내게 애원하고 있던 마르셀 생각뿐이었다.

"몸에 손대지 않는다고 약속했잖아, 마르셀. 그런데 왜 떠나려고 하는 거야?"

"그거야 뭐."

그녀는 고집스레 대답했다. 그녀에게 엄습한 분노는 좀처럼 가라앉을 기미가 보이지 않았다.

느닷없이 시몬이 방바닥에 쓰러져서 다른 사람들을 겁에 질리게 만들었다. 옷매무새가 흐트러진 채 엉덩이를 쳐들던 그녀는 마치 간질 환자처럼 점점 더 심한 경련을 일으키며 흥분했고, 자기가 옷을 벗겼던 소년의 발밑을 뒹굴며 거의 알아듣기 힘든 말을 했다.

"내 몸에 오줌을 싸…… 내 엉덩이에 오줌을 싸란 말이야……."

그녀가 갈증을 느끼는 듯 거푸 말했다.

마르셀은 그 광경을 뚫어져라 바라보았다. 그녀의 얼굴이 또 다시 빨개졌다. 하지만 그때 그녀는 나를 보지 않은 채 내게 옷을 벗고 싶다고 말했다. 나는 그녀의 겉옷을 반쯤 벗긴 다음, 바로 속옷을 벗겼고 그녀는 긴 양말과 가터만을 걸치게 되었다. 그녀는 내가 몸을 흔들며 입에 키스할 새도 주지 않고 마치 몽유병 환자처럼 방을 가로질러 노르망디산 장롱이 있는 데까지 가 시몬의 귀에 대고 몇 마디 중얼거리더니 장롱 속에 틀어박

했다.

그녀는 장롱 속에서 수음하고 싶다면서 가만히 놔둬달라고 간절히 부탁한 것이었다.

여기서 말해둬야 할 것은 우리 모두가 만취한 상태였으며, 이미 벌어진 일로 인해 그야말로 제정신이 아니었다는 사실이다. 그 벌거벗은 소년은 한 소녀가 자기 몸을 빨도록 내버려두고 있었다. 일어서서 치맛자락을 걷어올린 시몬은 이리저리 흔들거리는 장롱에 벌거벗은 엉덩이를 문질렀고, 장롱에서는 한 소녀가 짐승처럼 헐떡이며 수음하는 소리가 들려왔다. 그리고 갑자기 믿기지 않는 일이 일어났는데, 이상한 물소리가 들리더니 장롱문 아래쪽에서 가는 물줄기에 이어 철철 흐르는 시냇물 같은 것이 나타났다. 가엾은 마르셀이 장롱 속에서 오줌을 싼 것이다. 그 후 만취 상태의 웃음소리가 터져나왔고, 온 주위가 머지않아 몸통들과 다리들과 공중으로 쳐들려진 엉덩이들과 젖은 치마들과 폭포 같은 정액의 방탕으로 변했다. 웃음은 마치 자기도 모르게 계속되는 얼빠진 딸꾹질처럼 터져나왔고, 엉덩이들과 음경들을 향한 거침없는 쇄도를 겨우 중단시킬 수 있었다. 하지만 이내 우울한 마르셀이, 그녀에게 이제는 감옥이

된 간이화장실 안에서 혼자서 그리고 점점 더 크게 흐느껴 우
는 소리가 들려왔다…….

*

삼십 분 뒤, 어느 정도 취기가 가신 나는 마르셀을 장롱에서
끌어내야겠다는 생각이 들었다. 여전히 벌거벗고 있는 불쌍한
소녀는 끔찍한 상태에 도달해 있었다. 그녀는 한기가 나는지
몸을 바들바들 떨고 있었다. 나를 보자마자 그녀는 병적이고
격렬한 공포를 드러냈다. 나는 창백한 얼굴에 거의 온몸이 피
투성이가 된 채 삐딱하게 옷을 걸치고 있었기 때문이다. 내 뒤
로는 벌거벗은 병든 육체들이 무어라 형언할 수 없는 무질서
속에서 거의 움직이지 않고 뻔뻔스러울 정도로 그대로 누워 있
었다. 그리고 통음난무의 와중에 그중 두 사람이 유리조각에
깊이 베여 피가 흐르고 있었다. 한 소녀가 토하고 있는 데다가
우리 모두가 한두 번씩 미친 듯 웃음을 터뜨렸기 때문에 옷이
건 안락의자건 마루판자건 간에 온통 젖어 있는 상태였다. 나
는 피 냄새, 정액 냄새, 오줌 냄새, 토사물 냄새에 혐오감을 느

껴 뒷걸음질치고 말았다. 하지만 무엇보다 마르셀의 목구멍에서 나오는 갈라지는 듯한 고함소리가 훨씬 더 끔찍했다. 그 순간에도 시몬은 배를 드러낸 채 손은 무성한 음모에 갖다대고 보일 듯 말듯한 미소를 띤 평온한 얼굴로 잠들어 있었다.

으르렁거리는 듯한 고함을 내지르면서 비틀비틀 방을 가로질러 뛰어가던 마르셀이 다시 한 번 나를 바라보았다. 그녀는 마치 내가 악몽 속에 나타난 흉측한 유령이라도 되는 것처럼 흠칫 물러서더니 계속해서 점점 더 끔찍하게 느껴지는 고함을 내지르면서 주저앉아버렸다.

놀랍게도 그 비명은 내게 다시금 용기를 불어넣었다. 분명히 사람들이 달려올 것이었지만 도망을 친다거나 소란을 진정시켜보겠다는 생각이 전혀 들지 않았다. 반대로 나는 결연히 문을 열러 갔고, 믿겨지지 않는 즐거운 광경이 펼쳐졌다. 방에 들어온 부모님들의 공포에 찬 외침과 야단스러운 위협은 쉽사리 상상될 수 있으리라! 선동적인 울부짖음, 신경질적인 저주와 함께, 재판, 투옥, 교수형이 들먹여졌다. 친구들도 흐느끼면서 소란을 떨기 시작하더니 마침내는 미친 듯 울음 섞인 고함을 내질렀다. 누군가 그들 모두를 산 채로 불 속에 내던지기라도 한 것 같았다. 시몬과 나는 기뻐서 어쩔 줄을 몰랐다.

그럼에도 그건 또 얼마나 끔찍했는지! 미친 자들의 희극적이면서도 비극적인 정신착란은 도저히 유지될 것 같아 보이지 않았다. 벌거벗은 마르셀은 쉴 새 없이 요란한 몸짓과 함께 가슴이 찢기는 듯한 고통스러운 비명으로, 도저히 견뎌낼 수 없는 정신적 고통과 공포를 표현하고 있었다. 그녀는 자기 어머니의 얼굴을 물어뜯었고, 여러 사람이 팔을 내밀어 그녀를 진정시키려고 했지만 소용없었다.

사실상 부모들이 들이닥치면서 아직 남아 있던 이성은 완전히 소멸되어버렸고, 결국 부모들이 경찰에 도움을 청하면서 모든 이웃이 이 전대미문의 스캔들을 보고 듣게 되었다.

3
마르셀의 냄새

　그날 밤 우리 부모님은 그 무리와 함께 나타나지 않았다. 하지만 나는 전신성 백치이며 가톨릭교도인 불쌍한 아버지가 화를 낼 경우에 대비해 도망을 치는 게 보다 더 바람직하리라고 판단했다. 나는 아무도 몰래 살그머니 별장으로 돌아갔다. 나는 꽤 많은 돈을 훔쳐냈다. 그러고 나서 부모님이 그곳을 제외한 다른 곳을 온통 뒤지며 나를 찾으리라 확신하며 아버지 방에서 목욕을 했다. 10시경, 나는 마침내 다음과 같은 쪽지를 어머니 책상 위에 남겨놓은 뒤 들판에 이르렀다.

　"권총을 가지고 가는데 첫 번째 총알은 헌병에게 쏘고 두 번째 총알은 나에게 쏠 테니 제발 경찰로 하여금 나를 찾게 하지 마세요."

나는 사람들이 겉치레라고 부르는 태도를 취할 가능성이 전혀 없었다. 그런 특별한 상황 속에서 단지 추문이 이는 걸 끔찍이도 싫어하는 가족들로 하여금 나를 포기하도록 만들고 싶었을 따름이었다. 나는 은근한 미소를 지으며 날아갈 듯한 기분으로 몇 자 적었다. 그리고 아버지의 권총을 호주머니에 집어넣은 일이 나쁜 짓이라고 생각하지 않았다.

나는 바다를 따라 거의 밤새도록 걸었는데, 해안을 우회했기 때문에 X에서 멀리 떨어지지는 않은 셈이었다. 단지 나는 시몬과 마르셀에 대한 환각이 내 뜻과는 무관하게 공포를 불러 일으키는 어떤 격렬한 정신적 동요, 유령이 출현하는 기묘한 정신착란 상태를 진정시키려고 애썼을 뿐이었다. 심지어 내가 자살할지도 모른다는 생각이 들기 시작했고, 권총을 손에 쥐는 순간 희망이라든가 절망 같은 단어들의 의미를 잃어버리고 말았다. 그럼에도 삶은 어떤 의미를 가져야 하며, 그것은 바람직한 것으로 규정된 어떤 사건들이 내게 일어날 때만 가능하리라는 것을 나는 무기력을 통해서 깨달았다. 결국 나는 '시몬'이나

'마르셀'이라는 이름이 불러오는 기이한 강박관념을 받아들였다. 웃어넘기려 해도 아무 소용이 없었다. 단지 엉뚱한 내 행동을 그 두 소녀의 행동과 어렴풋하게나마 연결시켜줄 어떤 환상을 상상해내거나 혹은 그러는 척하는 것으로 나 자신을 흥분시킬 수 있었다.

나는 낮에는 숲 속에서 잠을 자다가 해가 떨어지는 것을 기다려 시몬의 집으로 갔다. 담을 뛰어넘은 뒤 정원을 지나갔다. 내 여자친구 방에 불이 켜져 있는 것을 보고 나는 창문에 자갈을 던졌다. 잠시 후 그녀가 내려왔고, 우리는 단지 몇 마디만 나눈 뒤 바닷가 쪽으로 향했다. 우리는 다시 만나서 즐거웠다. 날이 어두웠다. 이따금씩 나는 그녀의 옷을 걷어올린 채 두 손으로 엉덩이를 쥐었는데, 어쩐지 쾌감이 느껴지지 않았다. 그녀가 앉았고, 나는 그녀의 발밑에 드러누웠다. 나는 머지않아 내가 흐느껴 울지 않을 수 없으리라는 것을 깨달았으며, 실제로 모래밭 위에서 오래도록 흐느껴 울었다.

"도대체 무슨 일이야?"

시몬이 물었다.

그러고 나서 그녀는 장난으로 나를 발로 한 방 찼다. 그녀의 발은 내 호주머니 속의 권총을 정통으로 찼고, 무시무시한 폭음이 우리에게서 외마디를 뽑아냈다. 나는 부상을 입지 않았지만 마치 저승에 떨어진 것처럼 돌연 몸을 일으켰다. 시몬은 공포심을 불러일으킬 만큼 창백한 모습으로 내 앞에 있었다.

그날 저녁, 우리는 서로를 주무를 생각은 하지 못했다. 입술과 입술을 겹쳤고 언제까지고 포옹만 계속했다. 전에는 결코 없던 일이었다.

며칠 동안 나는 이렇게 살았다. 시몬과 나는 밤늦게 돌아왔다. 그녀의 방에서 잠을 잤고, 나는 그다음 날 밤까지 그 방에 틀어박혀 있었다. 시몬은 내게 먹을거리를 가져다주었다. 그녀에게 최소한의 권위조차 갖고 있지 않은 어머니는(소동이 일어난 날, 그녀는 고함소리를 듣자마자 산책을 하러 집을 나섰다) 이 수수께끼를 납득하려 애쓰지 않고 상황을 받아들였다. 하녀들은 돈을 받았으니 오래전부터 시몬에게 헌신적이었다.

우리가 마르셀이 감금된 저간의 사정, 그리고 그녀가 어느 정신병원에 갇혀 있는가를 알게 된 것은 바로 그 하녀들에 의해서였다. 처음부터 우리의 관심은 그녀에게, 그녀의 광기에, 그녀 육체의 고독에, 그녀와 연락이 닿아서 어쩌면 탈출시킬 수도 있을 가능성에 온통 쏠려 있었다. 어느 날 시몬의 침대에서 나는 그녀를 강제로 범하려 했는데, 그녀는 뜻밖에도 나를 피했다.

"넌 완전히 미쳤어. 난 침대 속에서 이렇게 부인들처럼 하는 건 흥미가 없어! 내가 흥미를 느끼는 건 마르셀과 함께 있을 때뿐이야."

"너 지금 무슨 말을 하는 거야?"

나는 실망해서 이렇게 물었지만 내심 그 말에 전적으로 공감했다.

그녀는 다정한 표정으로 내게 다가오더니 꿈꾸는 듯한 목소리로 상냥하게 말했다.

"얘, 마르셀은 분명 오줌을 쌀 거야……. 우리가 사랑을 나누는 광경을 보면 말이지."

그와 동시에 나는 따뜻하고 매혹적인 액체가 내 두 다리를 타고 흘러내리는 걸 느꼈다. 그녀가 오줌을 다 싼 다음, 이번에는 내가 몸을 일으켜 그녀의 몸에 오줌을 흠뻑 뿌렸다. 오줌은 음란한 모양으로 분출되면서 그녀의 살갗을 타고 졸졸 흘러내렸다. 그렇게 해서 나는 그녀의 엉덩이를 흠뻑 적셔놓았고 마침내 정액으로 그녀의 얼굴을 더럽혔다. 그녀는 온몸이 더럽혀진 채 해방적 정신착란을 일으키며 쾌락의 상태로 몰입했다. 그녀는 우리의 자극적이고 좋은 냄새를 깊이 들이마셨다. "너한테 마르셀 냄새가 나"라고 그녀는 즐거운 표정으로 내게 고백했는데, 그때 그녀는 여전히 축축한 내 엉덩이 아래에 코를 들이민 채 깊은 성적 쾌락을 만끽하고 있었다.

이따금 시몬과 나는 섹스하고 싶은 격렬한 욕망에 사로잡혔다. 하지만 그와 동시에 우리는 비록 그것이 우리의 가장 격렬한 욕망과 연관되어 있었다 할지라도 줄곧 우리 귀를 거슬리게 하는 날카로운 외침의 주인공인 마르셀 없이는 그 일이 가능하지 않다는 생각 또한 하고 있었다. 이렇게 해서 우리의 성적 공상은 계속해서 악몽으로 변해갔다. 마르셀의 미소, 그녀의 신선함, 그녀의 흐느낌, 그녀의 붉어진 뺨, 고통스러우리만치 충혈된 채 그녀 스스로 옷을 벗게 만든, 돌연 황금색의 아름다운 엉덩이를 음란한 손들과 입술들에게 맡기게 한 그 수치심, 무엇보다 그녀로 하여금 장롱 속에 스스로를 가둔 채 그토록 자연스럽게 자위함으로써 소변을 참을 수 없게 했던 그 비극적인 정신착란, 이 모든 것은 우리의 욕망을 변형시키고 그것을 끝없이 고통스럽게 만들었다. 그 소란이 벌어지는 동안, 어느 때보다 더 음란한 행동을 보여주었던 시몬은—드러누운 채 옷을 걸치지 않았을 뿐만 아니라 양쪽 다리를 벌리고 있었다— 자신의 음란함에 의해 뜻하지 않게 생겨난 오르가슴, 마르셀의 울부짖음과 비틀린 팔다리의 노출이 그녀가 그때까지 상상할 수 있었던 모든 것을 잠재적으로 능가했음을 인정하지 않을 수 없었다. 그래서 마치 불경스러움이라는 것은 모든 것을 대체로 끔찍하고 혐오스럽게 만들기라도 해야 한다는 듯, 격분한 마르셀의 유령이 정신착란에 빠지거나 얼굴을 붉히며 나타나 그녀의 음란함에 명백한 중요성을 부여할 때가 아니면 내 앞에서 시몬의 엉덩이는 열리지 않았다.

그런데 엉덩이의 늪지대—그 부위는 오직 물이 불어나고 폭풍우가 부는 날 혹은 숨 막히는 화산의 분출과 흡사하며, 폭풍우나 화산과 마찬가지로 큰 재앙 혹은 재난 비슷한 것이 일어나야만 활동에 들어간다—는 오직 폭력만을 예고하는 솔직함

속에서 시몬이 마치 최면상태에 빠진 것처럼, 내가 보도록 내 버려두었던 그 비길 데 없는 부위는 그 후 내게 악몽의 희생물 이 된 채 감옥에서 형벌을 받고 있는 마르셀이라는 소녀의 땅 속 깊은 제국에 불과했다. 그때부터 내가 이해할 수 있는 것은 단 한 가지, 오르가슴이 중간중간 끔찍한 고함을 내지르며 흐 느끼던 소녀의 얼굴을 얼마나 파괴했나 하는 것이었다.

그리고 시몬은 그녀가 내 음경에서 솟아나게 했던 자극적인 냄새의 따뜻한 정액을 바라보면서 동시에 내 정액으로 온통 더 럽혀져 있는 마르셀의 입과 엉덩이를 떠올리지 않을 수 없게 되었다.

"너는 정액을 마르셀의 얼굴에 쏟을 수 있을 거야."

그녀의 표현에 따르면 '모락모락 김이 나도록' 그녀는 자기 엉덩이를 내 정액으로 더럽히며 고백했다.

4

태양의 흑점

우리는 다른 여자나 다른 남자 들에 대해서는 아무런 관심을 갖지 않았다. 이제 우리는 오직 마르셀만 생각했는데, 유치하게도 벌써부터 우리는 그녀가 스스로 목을 매달아 은밀하게 매장되었다가 유령이 되어 음산하게 나타나는 모습을 상상하고 있었다. 결국 어느 날 밤, 정확한 정보를 입수한 우리는 우리 친구가 갇혀 있는 정신병원까지 가기 위해 자전거를 타고 출발했다. 한 시간이 채 못 되어 20킬로미터를 달렸다. 우리는 바다가 내려다보이는 절벽 위에 따로 떨어진, 담이 둘러져 있고 큰 정원으로 둘러싸인 성 같은 건물에 이르렀다. 우리는 마르셀이

8호실을 쓰고 있음을 알았지만, 그 방으로 찾아가려면 병원 내부를 통해야만 했다. 그런데 우리가 기대할 수 있는 것이라고는 창살을 톱으로 잘라낸 뒤 창문을 통해 그 방으로 들어가는 것뿐이었고, 서른 개의 방 중에서 그녀의 방을 구분해낼 방법을 전혀 생각해내지 못하고 있었다. 우리는 담을 뛰어넘었고, 나무들이 세찬 바람에 흔들리고 있는 넓은 정원에 닿았다. 그때 이층의 창문 하나가 열리더니 그림자 하나가 창살 하나에다 홑이불을 단단히 비끄러매는 모습이 보였다. 홑이불은 바람을 맞아 순식간에 펄럭거렸고, 그림자가 누구인지 미처 확인하기도 전에 창문은 다시 닫히고 말았다.

광풍 속에서 흰색의 커다란 홑이불이 내는, 무언가가 깨지는 듯한 격렬한 소리는 상상 이상이었다. 그 부서지는 듯한 소리는 바다가 내는 소리와 숲에서 부는 바람 소리를 완전히 압도했다. 시몬이 자기 자신의 음란함이 아닌 다른 것 때문에 몹시 불안해하는 모습을 나는 처음 보았다. 그녀는 가슴을 졸이며 내게 바싹 다가선 채, 마치 정신착란 자체가 그 음산한 성 위로 자신의 별장을 이제 막 끌어올리기라도 한 것처럼 어둠 속에

서 미쳐 날뛰고 있는 거대한 유령을 뚫어져라 바라보고 있
었다.

시몬은 내 팔 안에 몸을 웅크렸고 나 역시 공포로 일그러진
채 꼼짝 하지 않았다. 돌연 바람이 구름을 찢는 듯하더니 달이
너무도 기묘하고 너무도 비통한 어떤 것을 폭로하듯 뚜렷하게
어둠을 밝혔다. 그때 느닷없이 시몬의 목구멍에서 격렬한 흐느
낌이 새어나왔다. 바람을 맞아 귀청을 찢을 듯한 소리를 내며
펼쳐진 홑이불의 한가운데가 축축하고 커다란 얼룩으로 더러
워져 있었는데, 그 얼룩이 달빛을 받자 투명할 정도로 환하게
보였던 것이다……
일순, 새로운 검은 구름이 나타나면서 모든 것이 어둠 속으
로 되돌아갔다. 나는 바람에 흩날리는 머리칼을 내버려둔 채
불행한 남자처럼 울면서 아연실색한 표정으로 서 있었고, 시몬
은 풀밭에 주저앉아 어린애처럼 격렬하게 흐느껴 울며 몸을 들
썩였다.

그러므로, 그 불빛 없는 창문을 연 것은 틀림없이 우리 불쌍

한 친구 마르셀이었으며, 방금 자기가 갇혀 있는 감옥의 창살에다가 그 환각적인 조난신호를 부착시킨 것도 그녀였다. 분명히 그녀는 온몸이 흠뻑 젖을 정도로 격렬한 성욕을 느끼며 침대에서 수음을 했을 것이며, 그 이후 홑이불을 말리려고 창문에 내다 거는 그녀를 우리가 본 것일 터였다.

하지만 나는 흉측하게 생긴 창살로 둘러싸인 창문이 있는 그 가짜 별장 앞의 정원에서 무얼 해야 할지 알지 못했다. 나는 아연실색하여 잔디밭에 누워 있는 시몬을 내버려둔 채 정원을 한 바퀴 돌았다. 특별한 의도는 없었다. 단지 잠시 동안이나마 한숨 돌리고 싶었을 따름이었다. 그러다 나는 건물 일층에서 창살 없이 살짝 열려 있는 창문 하나를 발견했고, 호주머니 속에 권총이 있는 걸 확인한 다음, 조심스럽게 안으로 들어갔다. 그곳은 무슨 응접실인지는 모르지만 좌우지간 응접실임에 틀림없었다. 손전등에 의지해 부속실에 이어 계단까지 갈 수 있었지만 전혀 어떤 것도 구별할 수 없었고 전혀 어떤 일도 제대로 할 수 없었다. 방 번호가 매겨져 있지 않았던 것이다. 게다가 나는 방금 뭔가에 홀리기라도 한 듯 전혀 어떤 것도 이해할 수 없었다. 그 순간 나는 내가 왜 바지를 벗고 서

츠 차림으로 그 불안한 탐험을 계속하려 했는지 이해하지 못했다. 그럼에도 나는 남은 옷가지 하나도 벗어 의자 위에 올려놓았고, 결국에는 구두만 신게 되었다. 왼손에는 손전등을 들고 오른손에는 권총을 쥔 채 되는 대로 걸었다. 희미한 소리가 들려오자 나는 서둘러 전등을 껐다. 나는 불규칙적으로 변한 내 숨소리를 들으며 꼼짝 않고 있었다. 극도로 불안한 긴 시간이 흐르고 아무런 소리도 들려오지 않자 나는 손전등을 다시 켰다. 그러나 그때 나지막한 고함소리가 들려왔고, 나는 어찌나 다급하게 도망쳤던지 의자 위에 옷을 둔 사실도 까맣게 잊어버리고 말았다.

누군가가 뒤를 쫓아오는 것 같았다. 그래서 나는 부랴부랴 창문을 통해 건물을 빠져나와 가로수길로 몸을 숨기러 갔지만, 성에서 무슨 일이 일어났는지 살펴보려고 되돌아선 순간, 벌거벗은 한 여자가 창문 안쪽에서 일어서더니 나처럼 정원으로 뛰어내려서 가시나무숲 쪽으로 도망치는 모습을 목격했다.

극단적인 정신적 동요의 순간, 낯선 정원의 가로수길에서 바람을 맞고 있는 내 알몸뚱이보다 더 기묘한 것은 아무것도 없었다. 세찬 바람이 줄곧 사납게 불어닥쳤지만 어떤 갑작스런 유혹을 연상시킬 만큼 훈훈했기 때문에 나는 더는 지상에 존재하지 않는 듯했다. 나는 옷도 호주머니도 없었기 때문에 여전히 손에 들고 있는 권총을 어떻게 해야 할지 알 수 없었다. 누군지 알 수 없는 여자가 지나가는 걸 보고 쫓아가려 했을 때 나는 분명히 그 여자를 죽이기 위해 따라가고 있었다. 그런데 바로 그 순간, 분노하는 자연이 내는 소리, 나무와 홑이불이 내는 격렬한 소리로 인해서 나는 내 의지나 내 동작 가운데 무엇이 명확한 것인지 도대체 식별할 수 없었다.

나는 숨을 헐떡이며 돌연 멈춰 섰다. 그늘이 이제 막 사라져버린 덤불숲에 다다른 것이었다. 권총이 있다는 사실에 용기를 얻어 이곳저곳 둘러보기 시작하자 불현듯 나는 모든 현실이 찢겨나가는 듯한 느낌을 받았다. 한 여자가 침 묻은 입으로 내 엉덩이 밑에 뜨거운 키스를 했고, 경련이 동반된 오르가슴을 느꼈다. 벌거벗은 가슴과 두 다리에 기댄 채 나는 간신히 몸을 돌려 감탄스런 시몬의 얼굴에 정액을 토해낼 수 있었다. 권총을 손에 든 채 돌풍과 흡사한 격렬한 전율이 온몸을 훑었고, 나는 이를 딱딱 맞부딪히고 입술에는 거품을 물었다. 내가 두 팔을 비틀며 경련적으로 권총을 꽉 쥐는 순간, 날카롭고 무분별한 세발의 총탄이 성 쪽으로 발사되었다.

도취되어 나른해진 시몬과 나는 서로 떨어져서 마치 개들처럼 정원을 곧장 가로질러 뛰어갔다. 사납게 몰아치는 돌풍 덕분에 성 안에서 들린 폭음 소리가 거기서 잠자고 있는 사람들을 깨울 위험은 없었다. 바람에 펄럭이는 홑이불 위쪽 마르셀 방의 창문을 바라본 순간, 우리는 창살 하나가 총알 중 한 발에 의해 금이 가 있는 것을 보고 깜짝 놀랐다. 창문이 흔들리며 열렸고 두 번째로 그림자가 나타났다.

깜짝 놀란 우리는 피투성이의 마르셀이 벽 구멍 속에서 죽은 채 아래로 떨어지는 광경이라도 볼 것처럼, 거의 움직임이 없는 그 기묘한 유령 밑에 서 있었다. 바람이 심하게 부는 탓에 그녀에게 우리 말소리를 듣게 할 수도 없었다.

"옷은 어떻게 했어?"

나는 잠시 시몬에게 물었다.

그녀가 대답하기를, 나를 찾다가 안 되자 결국에는 나처럼

성 내부를 살펴보려고 들어갔는데, '더 자유로울 거'라는 생각
이 들어서' 창문을 뛰어넘기 전에 옷을 벗었다는 것이었다. 그
리고 나를 보고 혼비백산해서 내 뒤를 따라나왔을 때는 옷이
바람에 날아갔는지 아무것도 발견할 수가 없었다고 했다. 하지
만 그녀는 마르셀을 지켜볼 뿐 내가 왜 벌거벗고 있는지는 묻
지 않았다.

창가의 소녀가 사라졌다. 길게만 느껴지는 한 순간이 지나갔
다. 그녀가 방 안에 전등을 켰다. 그녀는 다시 창가로 돌아왔고,
바깥 공기를 들이마시며 바다 쪽을 바라보았다. 색이 연하고
곧은 그녀의 머리칼이 바람을 맞아 한쪽으로 쏠렸고, 우리는
그녀의 얼굴을 확인할 수 있었다. 그녀는 변함이 없었다. 얼굴
은 여전히 아이처럼 담백했지만 그와 대조를 이루는 어떤 야성
적이고 불안한 것이 이제는 그녀의 시선 속에 담겨 있었다. 그
녀는 열여섯이라기보다는 서른 살로 보였다. 우리는 잠옷 아래
로 호리호리하지만 충만하고 단단하고 은은한, 그녀의 고정된
눈길만큼이나 아름다운 육체를 분명히 볼 수 있었다.

마침내 그녀는 우리를 보았고 한껏 놀라며 얼굴에 생기를
찾는 듯 보였다. 그녀는 우리를 향해 고함을 질렀지만, 우리는

아무 소리도 듣지 못했다. 우리는 그녀에게 손짓을 했다. 그녀는 귀까지 빨개졌다. 나는 울먹이는 시몬의 이마를 다정하게 어루만져주었다. 시몬은 그녀에게 손키스를 보냈고, 그녀도 거기 응답했다. 시몬은 배를 따라 손을 음모까지 내려뜨렸다. 그러자 마르셀이 시몬의 행동을 따라하면서 창가에 한 발을 올려놓았다. 흰색 실크 양말에 황금색 엉덩이 바로 밑까지 꽉 조인 다리가 드러났다. 기묘하게도 그녀는 흰색 가터를 차고 흰색 양말을 신고 있었고, 반면에 내 손이 엉덩이에 들어가 있던 검은 머리칼의 시몬은 검은색 가터에 검은색 양말을 신고 있었다.

그동안 두 소녀는 울부짖는 어둠 속에서 서로를 마주 보며 재빠르고 난폭한 동작으로 수음을 했다.

두 사람은 과도한 즐거움으로 인해 시선이 고정된 채 잔뜩 긴장하여 거의 움직이지 않았다. 하지만 오래지 않아 눈에 안 보이는 어떤 끔찍한 것이 마르셀을 창살에서 난폭하게 떼어놓았다. 마르셀은 왼손으로 창살을 꽉 붙잡은 채 등을 바닥에 대고 정신착란 속에서 발버둥쳤다. 이제 우리 앞에 남아 있는 것은 불 켜진 빈 창문 하나, 불투명한 어둠을 뚫고 언젠가 몹시

피곤한 우리 눈앞에서 벼락이 치고 새벽이 오면 만들어질 어떤 세계로 향하게 될 장방형의 구멍 하나뿐이었다.

5
핏줄기

내가 보기에 오줌이라는 것은 초속과 벼락, 그리고 그 이유를 꼬집어 말할 수는 없지만, 비 내리는 가을날 시골 세탁장의 함석지붕 위에 버려진, 진흙으로 만든 낡은 요강과 밀접하게 연관되어 있다. 정신병원에서 처음으로 밤을 보낸 뒤, 그 완벽한 연상은 내가 때때로 보았던 마르셀의 침울하고 의기소침한 얼굴과 마찬가지로 내 뇌의 가장 깊은 어둠 속에서 여자의 성기와 긴밀하게 결합되었다. 하지만 내 상상 속 혼돈스럽고 소름끼치는 풍경은 뜻밖에도 한 줄기 빛과 피로 적셔졌다. 그러고 보면 마르셀도 피는 아니지만 투명한, 눈부시기까지 한 오줌의 분출로 자신을 가득 적시지 않고는 오르가슴을 느낄 수 없었다. 그 분출은 처음에는 딸꾹질을 하는 듯 맹렬하고, 중간 중간에는 끊기다가 그다음에는 자유롭게 배설하면서 초인간적 이며 격정적인 환희의 도취를 부르는 것일 터였다. 꿈의 가장 비참하고 가장 더러운 장면은, 이른바 그런 방향으로의 유혹, 완전한 환희에 대한 집요한 기다림에 불과하며, 그것은 예를 들면 마룻바닥에 쓰러진 마르셀이 그 바닥을 끝없이 적시고 있 던 바로 그 순간 빈 창문을 불이 켜진 구멍으로 환시한 것과 마 찬가지라는 사실은 놀라운 것이 아니었다.

하지만 그날, 옷을 잃어버린 시몬과 나는 돌풍을 맞으며 적 대적인 어둠을 뚫고서 성을 떠나 흡사 동물처럼 도망쳐야만 했 다. 우리의 상상력은, 틀림없이 다시금 마르셀을 사로잡으려 할 뿐 아니라 성에 가두어 그 불쌍한 소녀를 분노와 공포의 화 신으로 만듦으로써 우리의 몸뚱이를 끊임없이 방탕 속에 빠뜨 리는 오랜 중압에 계속해서 시달렸다. 머지않아 우리는 자전거 를 찾아냈고, 알몸에 신발만 신은 채 자전거에 올라 탄, 자극적 이면서도 더러운 구경거리를 서로에게 제공할 수 있었다. 우리는 야릇하게도 서로의 존재에 흡족해하면서 웃지도 않고 말도 없이 재빠르게 페달을 밟았는데, 음란함과 무기력과 부조리 속에 똑같이 고립되어 있다는 점에서 우리 둘은 비슷했다.

하지만 우리 두 사람은 문자 그대로 피곤해서 죽을 지경이었다. 해변 중간쯤에서 시몬은 몸이 떨린다며 자전거를 멈추었다. 우리는 얼굴과 등, 양쪽 다리에서 땀이 줄줄 흘러내렸다. 젖어 있으면서도 타는 듯 뜨거운 육체의 다른 부위들을 서로의 손으로 문질러주었지만 소용이 없었다. 점점 더 힘차게 마사지를 해보았지만 시몬은 제정신이 아닌 듯 몸을 부들부들 떨고 이빨을 딱딱 마주쳤다. 그래서 나는 그녀의 몸을 잘 닦아주기 위해 한쪽 양말을 벗겼다. 그녀는 환자의 침대와 방탕자의 침대를 동시에 연상시키는 따뜻한 냄새를 풍겼다. 그녀는 서서히 견딜 만한 상태로 되돌아왔고, 결국에는 감사의 표시로 내게 입술을 허락했다.

난 극도의 불안한 상태에서 벗어나지 못하고 있었다. X까지는 아직 10킬로가 남았으며, 동이 트기 전까지 그곳에 도착해야 한다는 데에는 의심의 여지가 없었다. 나는 제대로 서 있기가 힘들었다. 결국 불가능을 극복해가며 이 여정의 끝에 도달하기를 단념하였다. 우리가 진짜 현실적인 세계를, 오직 옷 입은 사람들로만 이루어진 세계를 떠나기 시작한 시간은 이미 너무도 먼 옛날이어서 우리는 아무런 힘도 쓸 수 없는 듯 느껴졌다. 우리만의 색다른 환각은 이번에는 예를 들자면 인간사회의 완벽한 악몽과 똑같은 경계선 속에서 흙, 대기, 하늘과 더불어 전개되고 있었다.

가죽 안장이 시몬의 엉덩이 아래 은밀한 곳에 맞닿아 있었다. 페달을 밟을 때마다 그녀는 필연적으로 수음을 할 수밖에 없었다. 게다가 내가 보기에 뒷타이어는 차체와 연결되어 있는 것뿐만 아니라 실제적으로는 무한히 사라져가는 자전거를 모는 여자의 벌거벗은 엉덩이 틈 사이로 문자 그대로 무한히 사라져가는 듯 보였다. 먼지 낀 바퀴의 빠른 회전운동은 내 목구멍의 갈증, 그리고 내 음경의 발기와 직접적으로 비교될 수 있었으며, 나는 언젠가 안장에 맞닿아 있는 엉덩이 깊숙한 곳으로 휩쓸려 들어가고 말 것 같았다. 바람이 어느 정도 잔잔해지고 별이 총총한 하늘이 일부 드러나자 나는 어떤 생각이 떠올랐다. 죽음이야말로 내 음경의 발기에 대한 유일한 해결 방법이므로 시몬과 내가 죽으면, 우리는 견디기 힘든 우리의 환각의 세계가 사라지는 대신 외부의 시선들과 아무런 관련도 맺지 않으면서 인간의 지연이나 우회 없이 있는 그대로의 모습으로 영상화되는 순수한 별들이 반드시 나타날 것이었다. 그것은 나의 성적 방탕의 귀결점, 즉 기하학적이며 문자 그대로 섬광적인 백열상태(무엇보다도 삶과 죽음의, 존재와 무의 일치점)처럼 보였다.

그런 연상은 물론 계속되는 피로와 음경의 터무니없는 단단함이라는 모순과 연관되어 있었다. 그런데 한편으로는 어둠 때문에, 다른 한편으로는 내가 페달을 돌리느라 왼쪽다리를 재빠르게 들어올려 계속 감추었기 때문에 시몬은 내 음경의 단단함을 보기 어려웠다. 하지만 나는 어둠 속에서 그녀의 반짝이는 두 눈이 피로에도 아랑곳하지 않고 내 몸뚱어리의 파괴점 쪽을 끊임없이 돌아보는 것을 느꼈으며, 그녀가 안장을 엉덩이 사이에 꽉 끼게 넣고 고문하면서 점점 더 난폭하게 수음하고 있음을 눈치챘다. 그녀는 나와 마찬가지로 엉덩이의 음란함이 상징하는 격정을 고갈시킨 상태가 되었고, 그녀의 알몸은 자갈들 위로 긴 여운을 남기는 소름끼치는 쇳소리와 날카로운 고함소리를 내며 비탈 위에 투영되었다.

그녀는 머리를 뒤로 젖힌 채 움직이지 않았으며, 입술에서
가느다랗게 피가 흘러나오고 있었다. 기진맥진할 정도로 극도
의 불안에 휩싸인 나는 불쑥 한쪽 팔을 끌어당겼지만, 그 팔은
무기력하게 다시 내려뜨려지고 말았다. 그때 나는 공포로 몸을
떨며 그 의식 없는 육체를 향해 달려들었다. 그 육체를 포옹하
자 연한 핏빛의 경련이 나도 모르게 내 전신을 스쳤다. 나는 마
치 어떤 노망든 백치처럼 입을 헤벌리는 한편, 질질 침을 흘렸
고 늘어진 아랫입술을 상스럽게 찌그러뜨렸다.

시몬은 서서히 정신을 차렸다. 무심코 움직이던 그녀의 팔이
내 몸에 닿자 나는 시체라고 믿었던 것을 더럽힌 뒤에 나를 녹
초로 만들었던 마비 상태에서 돌연 빠져나왔다. 여전히 가터가
달린 벨트와 한쪽 양말만 걸치고 있는 그 육체에는 상처도, 피
멍도 보이지 않았다. 나는 피로에도 아랑곳하지 않고 그녀를
안고서 큰길로 향했다. 동이 트기 시작해 걸음을 재촉했다. 초
인적인 노력을 기울인 덕분에 별장에 도착했고, 나는 경이로운

여자친구를 다행히 눕힐 수 있었다. 그녀는 침대에서 생기를 되찾았다.

나는 땀이 얼굴에서 오줌 싸듯 흘러 온몸을 적셨고, 내 두 눈은 핏빛으로 부어올랐으며, 양쪽 귀는 고함을 내질렀고, 이빨은 딱딱 맞부딪쳤고, 관자놀이와 심장은 격렬하게 요동치고 있었다. 그러나 내가 이 세상 그 어느 것보다 더 사랑하는 존재를 방금 구해냈기에, 우리가 얼마 있지 않아 마르셀을 다시 만나리라는 생각을 하고 있었기에, 나는 그냥 그대로 말하자면 땀으로 흠뻑 젖은 데다 응고된 먼지로 뒤범벅이 된 채 시몬 옆에 누워서 어렴풋한 악몽에 금세 자신을 내맡겼다.

6
시몬

내가 살아오면서 가장 평화로웠던 시절 중 하나는 여전히 앓고 있던 시몬의 심각하지 않은 사고 이후의 시간이다. 그녀의 어머니가 올 때면 나는 목욕탕으로 건너갔다. 그때마다 나는 대부분 오줌을 싸거나 목욕을 했다. 어머니가 처음에 방에 들어오려 하자 시몬은 즉시 가로막고 나섰다.

"들어오지 말아요. 벌거벗은 남자가 한 사람 있어요."

그래서 그 어머니는 매번 즉시 쫓겨났으며, 나는 환자의 침대 곁에 놓인 의자의 내 자리를 차지하러 갔다. 나는 담배를 피우고 신문을 읽었으며, 범죄나 유혈 사태를 다룬 기사가 보이면 큰 소리로 읽었다. 이따금씩 나는 신열로 몸이 뜨거워진 시몬을 안고서 목욕탕에 가 오줌을 뉘었고, 그러고 나서는 그녀를 국부세척기 위에 앉혀놓고 조심스레 씻겨주었다. 그녀는 눈에 띌 정도로 수척해졌다. 물론 나는 진지하게 그녀의 몸을 만지지는 않았지만, 그녀는 나로 하여금 변기 속에 달걀을 집어넣게 하는 것으로 금세 쾌감을 느꼈다. 나는 달걀이 살짝 물에 잠기도록 하기 위해 날계란을 먹어치워 속을 비우기도 하고때로는 삶아서 물속 깊이 그것을 가라앉혔다. 그녀는 변기 위에 앉혀지면 넓적다리를 벌리고서 엉덩이 밑으로 달걀들을 바라보았으며, 마지막으로 나에게 물을 내리게 했다.

또 다른 유희는 국부세척기 가장자리에 올려놓은 날계란을 깨서 그녀의 엉덩이 밑에 흘려넣는 것이었다. 그녀는 그 위에 오줌을 싸기도 했고, 어떨 때는 나로 하여금 옷을 다 벗은 채 국부세척기 바닥에 있는 날계란을 꿀꺽 삼키게 하기도 했다. 그녀는 건강이 좋아지면 나와 마르셀 앞에서 똑같은 일을 할 것이라고 약속했다.

우리는 치맛자락을 걷어올리긴 했지만, 구두를 신은 채 아직

겉옷도 입고 있는 마르셸을 날계란으로 반쯤 채워진 욕조 속에 다 눕힌 뒤 달걀들이 으깨질 때 오줌을 싸게 하리라는 상상을 했다. 그리고 이번에는 벨트와 양말만 걸친 마르셸이 엉덩이는 공중으로 쳐들고 양쪽 다리는 구부리며 머리는 숙이도록 내가 붙잡고 있는 공상을 했다. 더운 물에 젖어서 몸에 달라붙는 욕의를 입은 시몬은 좌석이 코르크로 된, 리폴린*을 칠한 흰색 의자 위에 올라갈 것이다. 나는 장전되어 있다가 방금 한 발을 발사한(그러면 우리는 우선 동요할 것이고, 그다음에는 총신의 자극적인 화약 냄새를 맡을 것이다) 장총의 가열된 총신 속에 젖꼭지를 끼움으로써 그녀의 젖가슴을 흥분시킬 수 있으리라. 그녀는 마르셸의 잿빛 항문 위로 새하얀 생크림이 넘쳐흐르게 할 것이며, 또한 욕의 속에 거침없이 오줌을 싸거나, 만일 욕의가 살짝 열린다면 마르셸의 등 혹은 머리 위에 오줌을 쌀 것이다. 그리고 나도 다른 데다 오줌을 쌀 것이다(나는 틀림없이 그녀의 가슴에다 눌 것이다). 게다가 마르셸도 나를 완전히 적셔놓을 수 있을 것이었다. 나에게 의지한 채 그녀는 자신의 넓적다리로 내

* 에나멜 도료의 일종.

목을 끌어안을 수 있을 것이며 또한 내 음경을 입 속 깊숙이 집 어넣을 수도 있을 것이었다.

이런 공상을 하고 난 뒤 시몬은 변기 옆에 깔린 담요 위에 자기를 눕혀달라고 부탁하더니, 고개를 숙인 채 변기 가장자리 에 두 팔을 올려놓고는 '눈'을 크게 뜨고 '달걀들'을 응시했다. 나는 우리 두 사람의 뺨과 관자놀이가 서로 닿을 수 있게끔 그 녀 옆에 누웠다. 우리는 서로를 오랫동안 바라보면서 마음을 가라앉힐 수 있었다. 변기에서 물이 내려가는 소리가 들리자 시몬은 강박관념에서 벗어나게 되었고, 결국은 다시 기분이 좋 아졌다.

드디어 어느 날, 비스듬하게 내리쬐던 태양이 욕실 내부를 곧장 비추는 시간, 반쯤 먹은 달걀 속으로 갑자기 물이 들어오 기 시작했고, 기묘한 소리와 함께 물이 채워지면서 우리 눈 아 래에서 달걀이 침몰했다. 시몬은 그 자그마한 사건이 꽤 특별 한 의미가 있었던 듯 긴장하더니, 내 왼쪽 눈을 입술 사이에 넣 고 빨면서 오랜 시간 동안 쾌감을 느꼈다. 그리고 그녀는 젖가 슴만큼이나 집요하게 그 눈을 빨면서 내 머리를 세게 잡아당기며 앉더니 그야말로 힘차고 흡족한 표정으로 물 위에 떠다니는 달걀 위에 대고 요란하게 오줌을 쌌다.

그때부터 그녀의 상태는 회복된 것으로 봐도 괜찮을 정도로 나아졌다. 여러 가지 은밀한 주제에 관해 내게 오랫동안 이야기하며 즐거움을 표했는데, 평상시에는 자기 자신에 대해서도, 나에 대해서도 결코 얘기하는 일이 없었다. 그녀는 미소지으면서 고백하기를, 조금 전에 몹시도 변을 보고 싶었지만 아직 쾌감이 사라지지 않아서 참았다는 것이었다. 실제로 그런 욕구로 인해 그녀의 배는 팽팽했으며, 특히 엉덩이가 익은 과일처럼 부풀어올라 있었다. 그런데 꼭 맞는 옷 밑으로 내가 손을 집어넣어 그 엉덩이를 쥐자 그녀는 자기가 여전히 똑같은 상태이며 더할 나위 없이 기분이 좋다고 말했다. 그리고 내가 '오줌 싸다 uriner'라는 단어를 들으면 뭐가 생각나느냐고 묻자 그녀는 면도칼로 눈을 '후비는buriner' 것, 무엇인가 빨간 것, 태양이라고 대답했다. 그러면 달걀은? 머리(송아지의 머리) 색깔 때문에, 또한 달걀의 흰색이 눈의 흰색이고 달걀의 노란색이 눈동자의 노란색이어서 송아지 눈이 생각난다고 말했다. 그녀의 말에 의하면 눈의 모양은 또한 달걀의 모양이었다. 그녀는 외출하게 되면 달걀을 햇빛이 비치는 공중에다 던진 뒤 권총으로 쏴서 깨뜨리게 해달라고 부탁했다. 내가 그건 불가능하다고 대답하자 그녀는 여러 가지 이유를 대며 나를 설복시키고자 오랜 토론을 벌였다. 그녀는 '눈을 깨뜨리다casser un oeil'라고 말하기도 하고 '달걀을 터뜨리다crever un oeuf'라고 말하기도 하면서 즐겁게 말장난을 했는데, 그런 말의 근거는 타당성이 없었다.

그녀는 자기가 생각하기에 엉덩이에서 나는 냄새는 화약 냄새이며, 내뿜는 오줌은 '빛처럼 보이는 총격'이라고 덧붙였다. 그녀의 한쪽 엉덩이는 껍질을 벗긴 삶은 달걀 하나였다. 또한 반숙해서 껍질을 벗긴 뜨끈뜨끈한 달걀들을 화장실로 가져오게 했는데, 내게 한 약속에 따르면 그녀는 조금 뒤 변기에 앉아 그 달걀 위에다 후련하게 똥을 싸겠다고 했다. 그리하여 그녀의 엉덩이는 여전히 내 손 안에 있거나 그녀가 말했던 상태 속에 있었다. 그 뒤로 내 마음속에는 어떤 감정의 격동이 조금씩 쌓이고 있었는데, 그건 내가 점점 더 깊은 생각에 잠긴다는 뜻이었다.

온종일 침대를 떠나지 않는 여자 환자의 방이야말로 순진한 음란함을 조금씩 되찾기에 좋은 장소라는 말은 옳았다. 나는 달걀이 반숙되기를 기다리며 시몬의 젖가슴을 부드럽게 빨았고, 그녀는 내 머리칼을 쓰다듬었다. 우리에게 달걀을 가져다준 것은 그녀의 어머니였지만 나는 하녀라 생각하고는 돌아보지도 않은 채 흡족한 기분으로 가슴을 빨았다. 그녀의 어머니는 계속 방에 머물렀다. 나는 지금의 쾌감이 사라진다면 단 한순간도 버틸 수 없었던 까닭에 결국은 은근하게 욕망을 만족시키고 싶어했을 때처럼 바지를 벗어야겠다고 생각했다. 그러자 그녀의 어머니가 가버렸으면 하는 바람과 함께 더는 어떠한 한계도 고려하지 않아도 된다는 기쁨도 느꼈다. 결국 시몬의 어머니는 방을 나갔다. 그녀는 자신이 느꼈던 공포를 되새겨보았지만 아무 소용이 없었다. 이윽고 날이 어두워지면서 욕실에 불이 켜졌다. 시몬이 변기 위에 앉자 우리는 뜨거운 달걀에다 소금을 쳐서 하나씩 먹었다. 나는 남은 달걀 세 개를 가지고 내 여자친구의 엉덩이와 넓적다리 사이에 슬그머니 밀어넣으며 그녀의 몸뚱어리를 부드럽게 애무했다. 그러고 나서 달걀을 하나씩 하나씩 물속에 천천히 떨어뜨렸다. 마지막으로 시몬은 여전히 뜨끈뜨끈한 하얀 달걀들이 물속에 잠기는 걸 바라보면서—그녀는 껍질이 벗겨진, 즉 발가벗은 달걀이 자신의 아름다운 엉덩이 아래에서 물에 잠기는 것을 처음 보는 것이었다—반숙 계란이 떨어질 때처럼 폭포 같은 소리를 내며, 이번에는 계속해서 똥을 떨어뜨렸다.

하지만 여기서 말해둬야 할 것은 그 후로 우리 사이에서는 그와 비슷한 일이 전혀 일어나지 않았을 뿐만 아니라, '한 번의 예외를 제외하고는' 대화에서도 거의 언급되지 않았다는 점이다. 우연히 한 개 혹은 여러 개의 달걀이 눈에 들어올 경우, 우리는 불안한 눈으로 무언가를 캐묻듯 아무 말 없이 얼굴을 붉히며 서로를 바라보았다.

그런데 이 이야기의 말미에 이르면, 그러한 의문이 결국은 해결 불가능한 것이 아니며, 우리의 기묘한 달걀 유희가 계속되는 새, 어느 순간 우리 눈앞에 펼쳐진 광대한 공허를 측정하기 위해서도 그 생각은 예기치 않은 해답이 필요하다는 것을 알게 될 것이다.

7

마르셀

어떤 수치심 같은 걸 느끼고 있던 시몬과 나는 우리가 느끼는 강박관념의 가장 명확한 대상에 대해 얘기하기를 여전히 저어하고 있었다. 이렇게 해서 '달걀'이라는 단어는 우리의 어휘에서 사라졌으며, 우리는 서로에 대해 가진 관심 같은 것에 대해서, 그리고 마르셀이 우리에게 연상시키는 것에 대해 결코 얘기하지 않게 되었다. 시몬이 병을 앓고 있는 동안, 초등학교 시절 학교가 파하기를 기다릴 때처럼 우리는 흥분한 채 마르셀에게 돌아갈 날을 기다리며 방에서 시간을 보냈다. 그렇지만 우리는 언제 그 성으로 돌아갈 수 있게 될지에 대해 막연히 애기하는 것으로 만족했을 따름이었다. 나는 가느다란 로프와 매듭진 굵은 로프, 쇠톱을 준비해놓았으며, 시몬은 매듭 하나하나, 로프 한 부분 한 부분을 매우 흥미진진한 표정으로 주의 깊게 살펴보았다. 한편 나는 마르셀을 구해내는 데 실패했던 날, 덤불 속에 숨겨놓았던 자전거를 찾아냈으며, 큰 톱니바퀴의 여러 부분을 구석구석 세심하게 닦아냈다. 그 외에도 나는 내 자전거 뒤에 시몬이나 마르셀 중 한 명을 태울 수 있게끔 페달에다 발끼우개 한 쌍도 달았다. 일시적이긴 하겠지만, 마르셀을 나처럼 시몬의 방에서 남몰래 살게 하는 것은 식은 죽 먹기보다 더 쉬운 일일 것이다. 단지 세 사람이 한 침대에 누울 수밖에 없다는 사실이 우리의 문제일 것이다(우리는 욕조 또한 같이 쓸 수밖에 없을 것이다).

꼬박 육 주가 지나자 시몬은 자전거를 타고 정신병원까지 나를 제법 따라올 수 있었다. 우리는 전번처럼 밤에 출발했다. 사실 나는 그때까지 낮에는 모습을 나타내지 않았다. 게다가 이번에는 절대로 다른 사람들의 주의를 끌지 말아야 했다. 나는 '정신병원'이라는 단어와 '성'이라는 단어가 연상되는 데다 유령 같은 홑이불이 떠올랐으며, 밤에는 미친 자들이 침묵에 잠긴 그 드넓은 저택에 있다는 사실이 주는 느낌으로 인해 막연히 '유령이 출몰하는 성'이라고 여기고 있던 그 장소에 서둘러 도착했다. 그런데, 어디에 있어도 마음이 편지 않은 물건이겠지만, 이상하게도 마치 '내 집'에 가는 것 같은 느낌도 들었다. 일단 정원 담을 뛰어넘은 뒤, 거대한 건물이 몇 그루의 키 큰 나무 사이로 우리 앞에 펼쳐졌을 때 받은 인상에서 기인한 감상일 터였다. 마르셀 방만이 불이 켜진 채 창문이 활짝 열려 있었다. 방 안으로 내던진 산책길의 자갈은 곧 그 소녀의 주의를 끌었고, 그녀는 금세 우리를 알아보았다. 그리고 그녀는 우리가 손가락 하나를 입에 갖다대면서 내린 신호에 따랐다. 우리는 즉시 우리가 이번에 무슨 일을 하러 왔는지 이해시키기 위해 매듭진 로프를 보여주었다. 나는 돌에다 가는 로프를 매서 그녀에게 던졌고, 그녀는 로프를 창살 뒤로 돌려서 다시 내게 던졌다. 마르셀은 어려움 없이 굵은 로프를 끌어올려서 창살에 잡아맸고, 나는 창문까지 기어오를 수 있었다.

 마르셀은 내가 포옹하려 하자 처음에는 뒷걸음질을 쳤다. 그녀는 내가 줄을 써서 창살을 잘라내는 모습을 주의 깊게 바라볼 뿐이었다. 나는 우리를 따라올 수 있도록 옷을 입으라고 나지막하게 말했다. 그녀의 순수한 형태와 섬세한 피부의 엉덩이가 돋보였다. 나는 힘든 작업을 하느라 그러기도 했고 방금 본 것 때문에 그러기도 했고, 벌써부터 땀에 흠뻑 젖은 채 계속해서 톱질을 했다. 여전히 등을 돌린 채 마르셀은 날씬한 몸에 슈미즈를 걸쳤다. 그녀가 의자 위에 한 발을 올려놓는 순간 등의 곧은 선이 엉덩이에서 근사하게 끝이 났다. 그녀는 바지 대신에 회색 모직 플리츠스커트와 검정, 하양, 빨강의 가는 체크가 들어간 스웨터만을 걸쳤다. 이런 차림에 굽 낮은 구두를 신은 그녀는 창문 곁으로 오더니 내가 한 손으로 그녀의 머리를, 곧고 짧은 아름다운 머리칼을 애무할 수 있게끔 내 바로 옆에 앉았다. 그 머리칼은 파리하게 보일 정도의 금발이었다. 그녀는 다정하게 나의 얼굴을 바라보았고, 아무 말 없이 기뻐하고 있는 나를 보며 감동을 받은 듯했다.

"우린 결혼할 수 있을 거야, 그렇지? 여긴 정말 몹쓸 곳이야, 고통스러워……."

조금씩 기분이 누그러진 그녀가 드디어 이렇게 말했다.

바로 그 순간, 내 머릿속에는 이렇게 환상적인 망령을 위해서라면 내 나머지 삶 전부를 바치리라는 생각뿐이었다. 그녀는 내가 오랫동안 이마와 입에 키스하도록 내버려두었다. 자기 손하나가 우연히 내 다리 위로 미끄러져 내리자 눈을 크게 뜨고 나를 바라보더니 손을 바로 거두지 않고 들뜬 표정으로 내 옷 위로 나를 쓰다듬었다.

오랫동안 애를 쓴 끝에 나는 그 야비한 창살을 끊어내는 데 성공했다. 톱질이 끝나자 나는 있는 힘을 다해서 창살을 양쪽으로 벌렸고, 그러자 그녀가 빠져나올 만한 공간이 생기게 되었다. 드디어 그녀가 빠져나왔고, 나는 아래에서 그녀가 내려오도록 도왔는데, 어쩔 수 없이 그녀의 넓적다리 윗부분을 보게 되었고, 그녀를 받쳐주려다 보니 만질 수밖에 없었다. 땅에 내려온 그녀는 내 품에 웅크리고 있다가 내 입에 힘껏 키스했다. 두 눈이 눈물로 젖은 채 우리 발밑에 앉아 있던 시몬은 두 손으로 그녀의 다리를 힘껏 껴안고서 무릎과 넓적다리에 입을 맞추었는데, 처음에는 그냥 뺨만 문지르더니 결국에는 자기도 모르게 기쁨이 폭발하는 듯 마르셀의 몸을 좌우로 벌렸고, 엉덩이에 입술을 갖다대더니 탐욕스럽게 먹어치웠다.

하지만 마르셀은 무슨 일이 일어났는지를 전혀 이해하지 못하며 심지어는 어떤 상황인지조차 제대로 구분하지 못했다. 그래서 마르셀은 자기가 남편이랑 정원 산책하는 모습을 '유령이 나오는 성'의 우두머리가 보면 얼마나 놀라워할까를 상상하며 미소짓고 있었다. 게다가 그녀는 이 상황의 모든 존재를 거의 알아차리지 못하고 있었는데 시몬을 늑대로 착각한 듯했다. 시몬은 머리칼이 검은색인 데다가 아무 말이 없었으며, 또한 이제 막 주인의 다리 위에 주둥이를 올려놓은 개처럼, 시몬이 자신의 넓적다리에다가 얌전하게 머리를 기대고 있는 것을 불현듯 발견했기 때문이었다. 그럼에도 내가 '유령이 나타나는 성'에 대해서 이야기하자 그녀는 내게 설명을 부탁하지 않았음에도 그게 바로 누군가 자기를 악의적으로 감금했던 병원이라는 사실을 잘 알고 있었다. 그녀는 거기에 대해 생각할 때마다 마치 무언가가 나무 사이로 지나가는 것을 보기라도 한 것처럼 공포를 느끼며 나에게서 떨어졌다. 나는 그녀를 불안한 듯 바라보았다.

그때 나는 이미 표정이 잔뜩 굳고 어두웠던 탓에 그녀에게 공포를 불러일으키고 말았다. 그녀는 '추기경이 돌아오면' 자기를 보호해달라고 내게 부탁하였다.

그리고 우리는 숲 기슭에서 달빛을 받으며 누워 있었다. 돌아오는 길에 잠시 쉬고 싶었고 특히 마르셀을 껴안은 채 바라보고 싶었기 때문이었다.

"그런데 추기경이 누구지?"

시몬이 마르셀에게 물었다.

"날 장롱 속에 가둔 사람이야."

마르셀이 대답했다.

"근데 그 사람이 왜 추기경이야?"

내가 소리쳤다.

"그 사람은 단두대의 신부거든."

마르셀이 기다렸다는 듯이 대답했다.

그때 내 머릿속에는 마르셀이 장롱에서 나왔을 때 내가 그녀에게 불러일으켰던 끔찍한 공포, 특히 두 가지의 소름끼치는 일이 상세히 떠올랐다. 다시 말해 눈이 부실 정도로 새빨간 나는 코티용*의 소도구인 프리지아 모자**를 계속해서 쓰고 있었다. 게다가 나는 내가 강간했던 한 소녀의 깊은 상처로 인해 얼굴이며 옷이며 손이며 할 것 없이 온통 피범벅이 되어 있었다.

그리하여 단두대의 신부인 추기경은 마르셀의 심한 공포 속에서 피로 더럽혀졌으며, 프리지아 모자를 쓴 망나니와 뒤섞여 버렸다. 사제에 대한 혐오와 같은 기묘한 결합이 이 혼동의 원인이었다. 그리고 이러한 현실은 공포뿐만 아니라 나의 비정함과도 연관되어 있었고 언제까지고 뇌리에서 지울 수가 없었다.

* 네 사람 또는 여덟 사람이 함께 추는 일종의 피겨댄스 .
** 프랑스 혁명단원이 쓴 붉은 모자.

8
죽은 여자의 감지 않은 눈

　그 순간, 나는 뜻밖의 발견으로 인해 그야말로 어찌할 바를 몰랐다. 시몬도 마찬가지였다. 그런데 마르셀이 내 품에서 선잠이 들어 있었기 때문에 우리는 도대체 어떻게 해야 할 지 알 수가 없었다. 그녀의 옷은 들어올려져 늘씬한 넓적다리 끝에 있는 붉은색의 엷고 좁은 가터 사이로 잿빛 음모가 보였다. 한 점 바람만 불어도 우리는 빛이 되어버릴 것 같은 덧없는 세계 속에서, 이렇게 훔쳐볼 때에만 기이한 생동감을 가졌다. 우리는 더는 감히 움직이지 못했으며, 우리가 바라는 것은 오직 비현실적인 그러한 부동성이 가능한 한 오랫동안 지속되고, 또한 마르셀이 완전히 잠드는 것뿐이었다.

사람을 지치게 하는 현기증 같은 것이 내 전신을 스쳐갔고, 이대로 지속되었으면 나는 어떤 일이 벌어졌을지 알 수 없었다. 그런데 시몬이 느닷없이 불안한 시선으로 내 얼굴과 마르셀의 알몸을 번갈아 바라보더니 살그머니 몸을 움직이기 시작했다. 그녀가 억양 없는 목소리로 더는 참을 수 없다고 말하며 넓적다리를 벌렸던 것이다.

그녀는 오랫동안 경련을 일으키며 옷을 적시더니 결국은 옷을 벗어버렸는데, 그로 인해 이윽고 내 옷 아래에서는 정액이 펑펑 솟구쳤다.

그 뒤 나는 풀밭 위에 편편하고 넓은 바위를 베고 바로 머리 위에 펼쳐진 '은하수'를 바라보았다. 그것은 천상의 오줌이 넘쳐흐르는 듯한 기묘한 모습으로, 두개골처럼 생긴 둥근 하늘을 가로지르며 펼쳐졌다. 하늘의 정점에 열려 있으며 언뜻 보아 무한한 공간 속에서 반짝이는 암모니아 가스로 구성된—흡사 적막을 가르는 수탉 울음소리처럼 암모니아 가스가 터무니없이 깨뜨리는 빈 공간 속에서— 그 틈, 터져버린 달걀, 눈, 혹은 바위에 둔중하게 달라붙어 있는 나 자신의 아뜩해진 머리가, 그와 쌍을 이루는 이미지들을 한없이 반사시키고 있었다. 특히 수탉의 역겨운 울음소리는 나 자신의 생명과, 말하자면 이제는 '추기경'과 부합되고 있었다. 틈새 때문에, 붉은색 때문에, 그리고 그가 초래한 장롱 속에서의 비명 때문에, 또한 수탉은 목이 비틀릴 운명이기 때문에.

다른 사람들에게 있어서 우주는 정직한 사람들이 생기 없는 눈을 가지고 있는 까닭에 정직해 보인다. 그래서 그들은 음란함을 두려워하는 것이다. 그들은 수탉 울음소리를 들을 때도 그렇고, 별이 총총한 하늘 아래를 거닐 때도 그렇고 전혀 불안해하지 않는다. 대체로 사람들이 '육체의 쾌락'을 즐기는 것은 그 쾌락이 무미건조한 상태에서이다.

하지만 그때부터 내게는 아무런 의혹도 존재하지 않는다. 나는 그것이 '육체의 쾌락'이라 불리는 것을 좋아하지 않는다. 사실 늘 무미건조하기 때문이다. 나는 '더러운' 것으로 분류되는 것만을 좋아했다. 나는 반대로 일상적인 방탕에 의해서도 흡족해하지 않았는데, 그것은 일상적인 방탕이라는 것이 방탕을 더

럽힐 뿐만 아니라 고상하며 완벽할 정도로 순수한 무언가를 어떤 식으로든 그냥 그대로 놔두기 때문이다. 내가 알고 있는 방탕은 내 육체와 사고뿐만 아니라, 내가 그 사이에서 생각할 수 있는 모든 것을, 즉 오직 배경의 역할만을 하는 광대하고 별이 총총한 우주까지도 더럽힌다.

나는 달을 어머니와 자매들의 질에서 흐르는 피와 즉 역겨운 냄새가 나는 월경 등과 결합시킨다…….

나는 마르셀을 좋아했지만 그녀를 애도하지는 않았다. 그녀가 죽었다 해도, 내 잘못이라고밖에 할 말이 없었다. 내가 악몽을 꾼다고 해도, 때때로 마르셀을 생각하며 여러 시간 동안 지하실에 갇힌다고 해도, 나는 같은 일을 반복하기를 멈추지 않을 것이었다. 예를 들어 머리를 뒤로 젖혀서 화장실 변기 속에다 그녀의 머리칼을 집어넣는 일도 마찬가지였다. 하지만 그녀가 죽었으므로 나는 전혀 예측할 수 없는 순간에 나를 그녀에게 접근시키는 어떤 파멸적 행위를 맞을 수밖에 없었다. 그렇게 되지 않는다면 죽은 마르셀과 나 사이에 현존하는 최소한의 관계를 식별하는 것이 나로서는 불가능했고, 그럴 경우 나는 대부분의 나날을 어쩔 수 없이 지겹게 보낼 것이었다.

여기서 나는 그 치명적인 사건 이후에 마르셀이 목을 매달았다는 것만을 이야기하기로 한다. 그녀는 그 커다란 노르망디산 장롱이 눈에 들어오자 이빨을 딱딱 맞부딪치기 시작했다. 그리고 나를 보고는 그게 나라는 것을, 그녀가 '추기경'이라고 부르는 사람이라는 것을 즉시 알아챈 듯하다. 그녀가 고함을 내지르기 시작했을 때 그 절망적인 울부짖음을 멈출 수 있는 방법은 내가 그 방을 떠나는 것밖에 없었다. 그런데 시몬과 내가 다시 그 방에 들어가보니 그녀는 장롱 안에서 목을 매달았던 것이었다…….

나는 서둘러 목매단 끈을 잘랐지만 그녀는 이미 죽어 있었다. 우리는 그녀를 카펫 위에 내려놓았다. 시몬은 내 성기가 발기하는 걸 보자 그걸 잡고 흔들기 시작했다. 나도 카펫 위에 드러누웠다. 달리 어떻게 하는 건 불가능했다. 시몬은 아직 처녀였으므로 이때 처음으로 나는 시체 옆에서 그녀와 육체관계를 맺게 되었다. 그 일은 우리 두 사람 모두에게 큰 고통을 주었지만, 우리는 그렇게 고통스러웠기 때문에 흡족했다. 시몬이 일어나더니 시체를 바라보았다. 마르셀은 완전히 낯선 여자로 변해 있었으며, 그 순간 시몬 역시 내게 그렇게 느껴졌다. 이제 나는 시몬도 마르셀도 전혀 좋아하지 않았으며, 만일 누군가가 방금 죽은 게 나라고 말해도 놀라지 않을 것이었다. 그만큼 그 사건은 낯설게 느껴졌다. 나는 시몬의 행동을 지켜보고 있었다. 확실히 두려웠지만 그녀가 음란한 짓을 하기 시작하자 나는 쾌감을 느꼈다. 자기를 꼭 닮은 그 존재가 이제는 그녀 자신을 느낄 수 없게 되었다는 사실에 견딜 수 없는 듯 보였다. 특히 감지 않은 눈은 자극적이었다. 시몬이 그녀의 얼굴을 적셔놓았는데도 그 눈이 감기지 않았다는 것은 기이한 일이었다. 우리 '셋'은 완전히 평온한 상태였고, 바로 그 점이 무엇보다 절망적이었다. 권태가 상징하는 모든 것은 도저히 눈 뜨고 볼 수 없는 그 장면과, 그리고 특히 죽음만큼 우스꽝스러운 어떤 장애물과 연관되어 있었다. 하지만 그럼에도 불구하고 지금 나는 전혀 아무런 저항감 없이, 그리고 공범 의식까지 느끼며 그런 것들을 생각했다. 결국 흥분의 부재로 인해 모든 게 훨씬 더 부조리해졌고 그것은 내 생각대로 온갖 권리를 가지는 것은 부조리한 존재라는 의미에 기반하여, 그리하여 마르셀은 살아 있을 때보다 내게서 더 가까운 존재가 되었다.

　시몬이 권태를 느꼈거나 혹은 엄격히 말해 화가 났거나 해서 시체에다 대고 오줌을 싸버렸다는 사실은, 우리가 그간 있었던 일을 이해하기가 얼마나 불가능했었는지를 여실히 증명해준다. 물론 그때나 지금이나 그런 사정은 마찬가지이다. 우리가 타성적으로 바라보는 죽음이라는 것이 무언지 이해할 수 없었던 시몬은 깊은 불안에 휩싸인 채 분노했지만 경건함 같은 마음은 눈곱만치도 가지고 있지 않았다. 마르셀은 우리가 극도로 고립된 상태에서 완벽하게 우리의 것이었기 때문에, 다른 사람과 마찬가지로 죽은 사람이라는 사실을 납득할 수 없었다. 그녀의 죽음에서 일반적인 척도로 환원될 수 있는 것은 아무것도 없었으며, 그러한 상황에서 우리를 좌지우지하던 모순적인 충동은 우리가 분별을 잃도록 내버려둠으로써, 말하자면 우리랑 관계가 있는 것으로부터 우리를 떼어낸 뒤 절대로 울려퍼지지 않는 어떤 공간 속의 목소리들과 마찬가지로, 행위가 전혀 아무런 중요성을 갖지 않는 세계 속에 우리를 위치시킴으로써 약화되고 있었던 것이다.

9
음란한 동물

경찰 수사가 시작되면 난처한 일이 생기게 되는 경우를 피하기 위해서 우리는 조금도 머뭇거리지 않고 스페인으로 향했다. 스페인에서 시몬은 한 영국인 백만장자의 도움을 기대할 수 있었기 때문이다. 그 백만장자는 예전부터 그녀를 후원하고 싶노라고 제의했으며 지금 우리에게 관심을 보일 가능성이 가장 큰 인물이었다.

우리는 한밤중에 별장을 떠났다. 보트를 훔쳐 타고 스페인 해안의 외딴 지점까지 간 뒤 만약을 대비하여 별장 차고에서 가져온 두 통의 휘발유로 어렵지 않게 보트를 완전히 불태웠다. 시몬은 낮 동안 나를 숲 속에 숨어 있게 하고 산세바스티안으로 그 영국인을 만나러 갔다. 그녀는 날이 어두워져서야 돌아왔는데, 화려한 옷과 속옷 들로 가득한 짐 가방이 실려 있는 멋진 자동차를 몰고서였다.

시몬은 에드먼드 경을 마드리드에서 다시 만나기로 했다고 알렸다. 그는 마르셀의 죽음에 대해 지도며 약도까지 그리게 하면서 하루 종일 꼬치꼬치 캐물었다고 했다. 종국에 그는 금발머리 가발을 쓴 밀랍 마네킹을 사 오라고 하더니 바닥에 눕혀놓고는 시몬에게 그것의 얼굴과 눈에 오줌을 싸라고 요구했다. 그런데 그동안 에드먼드 경은 시몬의 몸에 손가락 하나 대지 않았다.

하지만 마르셀이 자살한 뒤로 시몬에게는 큰 변화가 일어났다. 걸핏하면 허공을 바라보는 것이 마치 그녀는 만사가 지루하기만 한 지상 세계와는 결별하고, 다른 세상 사람이 된 것 같았다. 만일 그녀가 지상 세계와 아직 관련을 맺고 있다 할지라도 그것은 드물지만 이전과는 비교할 수 없을 정도로 더 격렬해진 오르가슴을 통해서뿐이었다. 그 오르가슴은 예를 들면 토인들의 웃음이 서구인들의 그것과 다른 만큼이나 통상적인 쾌락과는 달랐다. 실제로 원시인들은 때때로 백인들처럼 절도 있게 웃기도 하고, 또한 별안간 오랫동안 웃음을 터뜨리기도 하는데, 그들이 웃는 동안 그들 육체의 온갖 부위들은 급작스레 해방되어서 그들로 하여금 저절로 빙빙 돌게 하고, 두 팔로 힘껏 공기를 후려치게 하며, 무시무시한 소리로 낄낄대며 배와 목과 가슴을 흔들게 했다. 시몬으로 말하자면, 그녀는 어떤 슬프고 음란한 광경을 보면 우선 초점 없이 눈을 떴다…….

예를 들면 어느 날 에드먼드 경은 마드리드의 어리고 매혹적인 어떤 매춘부를 굉장히 비좁고 창도 없는 돼지우리 속에 집어넣더니 문을 잠가버렸다. 드로어즈 차림의 그 매춘부는 꿀꿀거리는 암퇘지의 배 밑에 깔려 거름 구덩이 속에 빠져버렸음에 틀림없었다. 문이 닫히자 시몬은 문 앞에서 진흙 속에 엉덩이를 처박은 채 보슬비를 맞으며 오랫동안 나와 성교를 했고, 그동안 에드먼드 경은 수음을 했다.

헐떡거리며 내게서 몸을 떼어낸 시몬은 두 손으로 자기 엉덩이를 잡더니 머리를 뒤로 젖히다 못해 땅바닥에 심하게 부딪쳤다. 그 자세 그대로 잠시 숨을 멈춘 채 몸을 긴장시키더니 손톱으로 엉덩이를 힘껏 비틀어 열었다. 그러고 나서는 돌연 제 몸을 할퀴더니 목을 딴 닭처럼 땅바닥에서 미친 듯 날뛰기도 하고 문의 편자에 끔찍한 소리를 내며 부딪쳐서 상처를 입기도 했다. 에드먼드 경은 계속해서 그녀를 뒤흔들고 있는 근육의 경련을 진정시키기 위해 자기 손목을 물어뜯으라며 그녀에게 내밀었고, 그녀의 얼굴은 침과 피로 뒤범벅이 되었다.

이런 격렬한 발작을 일으키고 나면 그녀는 항상 내 품에 안겼다. 그녀는 자신의 자그마한 엉덩이를 내 커다란 손 안에 스스로 올려놓은 채 움직이지도 않고 말도 한 마디 없이, 소녀처럼 몸을 웅크리고는 늘 우울한 표정으로 오랫동안 그러고 있었다.

하지만 시몬은 에드먼드 경이 우연을 가장해서 보여주려 이리저리 궁리했던 그 외설적인 광경보다 여전히 투우를 더 좋아했다. 사실 투우의 세 가지 점이 그녀의 마음을 사로잡았다. 첫 번째는 황소가 마치 큼지막한 쥐처럼 소 대기소에서 전광석화처럼 튀어나오는 것이었다. 두 번째는 황소가 머리까지 박힐 정도로 암말의 옆구리를 뿔로 처박는 것이었다. 세 번째는 우스꽝스럽게 여윈 그 암말이 뜻밖에도 뒷발로 차면서, 연청색,

흰색, 장미색, 옅은 회색 등 끔찍한 색깔을 가진 굵고 더러운 창자 뭉치를 넓적다리 사이로 내놓으면서 투우경기장을 질주하는 것이었다. 특히 그녀는 쿵 하고 모래판에 넘어진 암말의 방광이 터지면서 오줌이 한꺼번에 쏟아져나올 때면 가슴이 설렜다.

그런데 또 한편으로 그녀는 황소가 사납게 달려들어 색깔 있는 천이 펄럭이는 허공 속에 맹목적으로 찔러넣는 그 엄청난 뿔에 받힌 투우사가 공중으로 쳐들려지는 장면을 보고 싶은 격렬한 욕구와 동시에 역력한 공포를 느끼며 투우경기가 벌어지는 내내 극도의 불안에 휩싸여 있었다. 여기서 덧붙여두어야 할 말은, 황소가 거의 쉴 새 없이 투우사가 들고 있는 붉은 천 가운데를, 투우사의 곧은 몸 선으로부터 손가락 하나 정도 떨어져 있을까 말까 한 지점을 사납게 왔다 갔다 하는 모습을 본 사람이라면 누구든지 특히 성교를 할 때 혼신의 힘을 다해 되풀이하는 피스톤 운동을 머릿속에 떠올릴 것이라는 사실이다. 게다가 죽음을 가까이에서 느낀다는 점도 비슷할 것이었다. 하지만 그렇게 연속되는 경탄스런 소극farce이란 좀처럼 구경하기 쉽지 않다. 어쨌든 그렇게 소극이 계속되면 경기장에 모인 사람들은 진짜로 열광했다. 잘 알려진 대로 투우경기가 비장한 단계에 접어들면 여자들은 넓적다리를 비벼대며 수음을 했다.

그런데 어느 날 투우에 관해서 에드먼드 경이 시몬에게 하는 얘기를 들으니, 최근까지만 해도 투우 애호가들인 몇몇 스페인 남자들이 먼저 죽은 황소의 싱싱한 불알을 석쇠에 구워달라고 투우경기장 관리인에게 주문하는 게 관습이었다고 했다. 그들은 그 불알을 자기 자리로, 그러니까 투우경기장의 맨 앞줄로 가지고 오게 해서 그다음 황소들이 죽는 걸 보며 즉시 먹어치웠다. 시몬은 이 이야기에 전례 없이 큰 흥미를 보였다. 다음 주 일요일에 열리는 그해의 중요한 개막 경기를 구경하기로 되어 있으니, 자기에게도 처음 죽인 황소의 불알을 가져다주도록 해 달라고 에드먼드 경에게 부탁하면서 한 가지 조건을 달았다. 석쇠에 굽지 않은, 생 불알을 원한다는 것이었다.

"그런데 생 불알로 뭘 하려는 겁니까? 그걸 먹겠다는 건 아니겠지요?"

에드먼드 경이 이의를 제기했다.

"난 그걸 내 앞의 접시에다 올려놓고 싶어요."

시몬이 결론짓듯 말했다.

10
그라네로의 눈

1922년 5월 7일, 투우사인 라 로사, 랄랑다, 그라네로는 마드리드 경기장에서 싸우기로 되어 있었다. 랄랑다와 그라네로는 스페인에서 최고로 훌륭한 투우사로 이름이 드높았는데, 일반적으로 그라네로가 랄랑다보다 더 우수한 것으로 평가받았다. 그는 이제 겨우 스무 살을 넘겼지만, 벌써부터 대중의 인기를 한몸에 받고 있는 데다가 잘생기고 훤칠했으며 어린애처럼 순수해 보이기도 했다. 시몬은 그의 이야기에 각별한 관심을 기울였다. 이 유명한 백정이 경기가 있는 날 밤에 우리랑 저녁 식사를 함께하기로 했다는 소식을 에드먼드 경이 알려주자 뜻밖의 예고에 진심으로 기뻐했다.

　다른 투우사들과 그라네로를 구분짓는 점은 그가 소년 백정
의 분위기를 전혀 풍기지 않는 것은 물론이고 남성적인 데다가
완벽하리만큼 날씬하고 매력적인 왕자처럼 보인다는 사실이었
다. 그런 점에서 볼 때 그의 투우사 의상은 효과적이었다. 황소
가 그의 주위를 이리저리 뛰어다녀도 그의 옷은 마치 분출하는
물처럼 항상 꼿꼿하게 날이 선 채 선을 유지했고, 또한 그의 엉
덩이에 착 달라붙어 있기 때문이었다. 진홍색 천과 반짝이는
칼은—땀과 피로 범벅된 채 털에서 모락모락 김이 나는 가운
데 죽어가고 있는 황소를 마주한— 일변해서 투우경기의 가장
매혹적인 특성을 드러낸다. 스페인 특유의 작열하는 하늘도 고
려해야 할 것이다. 의외로 산뜻한 색채가 결여된, 눈부시긴 하
지만 더우면서 은근하게 흐린 빛, 광선의 강렬함과 열기의 강
렬함이 결합되어 관능의 해방을 충족하는 데에 그치지 않고,
때로는 비현실까지 비출 수 있는 빛으로 충만한, 이른바 태양
적이라고밖에 말할 수 없는 하늘 말이다.

사실 5월 7일에 투우경기가 벌어지는 동안, 내 주위에서 일어났던 모든 일에도 태양 광선의 극단적인 비현실성이 깊이 연관되어 있었다. 내가 주의 깊게 간직하고 있던 것이라면, 그날 시몬이 갖고 있던, 반은 노랗고 반은 푸른 둥그런 종이부채와, 온갖 시사적인 이야기가 담겨 있는 소책자 한 권과 사진 몇 장뿐이었다. 그 후 배에 올라 그 두 가지 '기념품'이 든 작은 트렁크를 바닷물에 빠뜨렸는데, 한 아랍인이 긴 장대로 그걸 건져내주었다. 그래서 그 기념품은 상태가 썩 좋지 않았지만, 나의 상상력이 태양이 잦아든 형태로밖에 재현할 수 없는 것을 이 지구상에 혹은 특정한 지점에 정확한 날짜에 편입하려 할 때, 이것들은 나에게 꼭 필요한 물건이었다.

시몬이 생 불알이 접시에 담겨나오기를 기다리고 있었다. 그 첫 번째 황소는 일종의 검은색 괴물로서 소 대기소에서 어찌나 빨리 뛰쳐나왔던지 아무리 애를 쓰고 소리를 지르며 말려도 막무가내로 말 세 마리의 배에 연속적으로 구멍을 뚫어놔버린 놈이었다. 한번은 말과 기수를 한꺼번에 공중으로 쳐들어올리더니 뒤로 내던지는 바람에 뭔가 부서지는 소리가 나기도 했다.

하지만 그라네로가 황소를 붙들면서 활기차게 시작된 전투는 갈채와 흥분 속에서 계속되었다. 이 청년이 붉은 천을 이리저리 휘두르자 격노한 짐승은 주위를 빙빙 돌았다. 액체가 나선형으로 분출하는 것처럼 몸이 들어올려질 때마다 그는 엄청난 충격을 가까스로 피했다. 붉은 천 조각으로 인해 제정신을 잃은 짐승의, 이미 피투성이가 된 몸뚱어리에 칼을 깊숙이 찌르자, 그 태양적 괴물의 죽음이 결국 명백하게 실현되었다. 황소는 술주정뱅이처럼 주저주저하며 무릎을 꿇더니 다리가 무너지면서 숨을 거두었고, 그러는 동안 우레와 같은 박수 소리는 그칠 줄을 몰랐다.

에드먼드 경과 나 사이에 앉아서 어쨌든 나랑 똑같이 열광하며 도살 광경을 지켜보던 시몬은 그 청년을 향한 기나긴 환호가 끝났음에도 자리에 앉을 생각이 없었다. 그녀는 아무 말 없이 손을 잡아끌더니 끔찍하게도 더러운 경기장 바깥뜰로 나를 데려갔는데, 더구나 날이 무더웠기 때문에 그곳에서는 숨이 막힐 듯한 말과 사람의 오줌 냄새가 났다. 나는 시몬의 엉덩이를 움켜쥐었고, 시몬은 성나 있는 내 음경을 바지 위로 잡아쥐었다. 이런 모습으로 우리는 더러운 파리들이 햇살을 받으며 윙윙대고 악취가 풍기는 변소로 들어갔다. 그곳에서 나는 선 채로 소녀의 엉덩이를 드러내게 하고서 침이 흐르는 그녀의 핏빛 살에다가 처음에는 내 손가락을, 그다음에는 페니스를 밀어넣었다. 내가 뼈마디가 튀어나온 가운뎃손가락을 그녀의 엉덩이 속에 깊숙이 집어넣어 뒤흔드는 동안 내 페니스는 그 피의 동굴 속으로 들어갔다. 그와 동시에 폭동을 일으킨 우리의 입도 비바람이 몰아치듯 침을 뿜어내며 서로 엉겨붙어 있었다.

황소의 오르가슴은 우리로 하여금 서로의 가슴에 상처를 내고 서로를 할퀴게 만든 오르가슴보다 더 격렬했다. 내 굵은 음경은 바닥까지 정액으로 가득 채워져 있는 그녀의 음부에서 단한 치도 빠져나오지 않았다.

우리는 타는 듯 뜨거워질 뿐 전혀 진정될 기미가 보이지 않았다. 벌거벗은 채 축축한 손으로 서로를 쓰다듬으며 끊임없이 껴안고 있기를 열망하는 두 사람의 가슴에는 심장이 힘차게 요동치고 있었다. 시몬의 엉덩이는 전과 다름없이 탐욕스럽고 내 음경은 여전히 뻣뻣한 채 우리 두 사람은 경기장 맨 앞줄로 함께 돌아왔다. 그런데 시몬이 앉게 될, 햇볕이 쨍쨍 내리쬐는 에드먼드 경의 옆자리에 가봤더니 하얀 접시 위에 껍질을 벗긴 불알 두 개가 놓여 있었다. 그 불알은 달걀 비슷한 모양과 굵기에 진줏빛이 섞인 하얀색으로, 약간의 피가 묻어 있는 것이 안구와 똑같았다. 그라네로가 칼을 꽂았던 검은 털의 그 첫 번째 황소에게서 방금 도려낸 것이었다.

"생 불알이야."

에드먼드 경이 가벼운 영국 악센트로 시몬에게 말했다.

시몬은 접시 앞에 무릎을 꿇더니 깊은 관심을 보이면서, 하지만 놀라울 정도로 당황하며 그것을 바라보았다. 그녀는 무언가를 하고 싶었지만 어떻게 해야 될지를 몰랐으며, 그래서 짜증이 난 듯했다. 그녀가 앉을 수 있도록 내가 접시를 집어들었지만, 그녀는 단정적인 말투로 "아니야"라고 말하면서 접시를 거칠게 낚아채더니 제 앞의 타일 위에 다시 올려놓았다.

마침 그때 투우경기가 재미없어지면서 주위 사람들이 우리에게 관심으로 보이기 시작했고, 에드먼드 경과 나는 그 상황이 성가시게 느껴졌다. 나는 시몬의 귀에다 대고 도대체 어떻게 된 건지 물었다.

"바보야. 난 저 접시 속에 앉고 싶은데 사람들이 모두 쳐다보고 있잖아!"

그녀가 대답했다.

"하지만 그건 절대로 안 돼. 그냥 자리에 앉아."

내가 이렇게 응수했다.

동시에 나는 접시를 들어올렸고, 그녀를 억지로 자리에 앉혔다. 나는 예전 그 우유 접시가 떠올랐고, 새로운 욕구가 또 다시 나를 동요시키고 말았음을 그녀가 알아차리기를 원했다. 실제로 그 순간부터는 그녀도 그렇고 나도 그렇고 더는 자리에 앉아 있을 수가 없었다. 그런 거북한 상태는 에드먼드 경에게도 바로 전염되었다. 게다가 도대체 싸울 생각이 없는 황소와 그 황소를 어떻게 다룰 것인지 모르는 투우사가 겨루고 있었던 까닭에 투우경기가 지루한 참이었다. 그리고 무엇보다 시몬이 태양 아래의 그 자리를 도대체 뜨질 않으려고 했기 때문에 우리는 일종의 거대한 빛의 수증기와 목구멍을 말리고 가슴을 짓누르는 무더위 속에 응고되어 있었다.

시몬이 옷을 들어올려 벌거벗은 엉덩이를 드러낸 채 생 불알이 놓여 있는 접시 속에 앉는다는 것은 도저히 불가능한 일이었다. 그녀는 무릎 위에 접시를 올려놓는 것으로 만족해야 했다. 나는 네 번째 황소하고 싸움을 앞두고 있는 그라네로가 다시 나타나기 전에 한 번 더 성교를 하고 싶다고 시몬에게 말했으나, 몇 마리의 말이 연이어 배가 터지는 광경, 그녀의 순수한 말에 따르면 '유실과 파괴', 즉 그녀는 말의 창자가 폭포처럼 쏟아지는 광경에만 맹렬한 관심을 보이며 내 부탁을 거절하고 자리를 지켰다.

일광은 우리의 막연한 불안, 말하자면 엉덩이를 드러내 뒤집고 싶은 무언의 무력한 욕망과 제대로 맞닿는 어떤 비현실 속으로 우리를 조금씩 빨려들게 하고 있었다. 우리는 눈이 침침하고 목이 타고 감각 장애가 일어나는데도 갈증을 해소할 수 없었기 때문에 얼굴을 찡그렸다. 우리 세 사람은 육체의 여러 부위가 따로따로 수축하는, 우울증이 동반된 쇠약증을 공유했다. 그라네로가 다시 나타났지만 어리병병한 상태에서 비현실적인 곳으로 빨려들어간 우리를 끄집어내지 못했다. 그의 앞에 서 있는 황소는 경계심이 많고 신경질도 잘 부리지 않는 듯 보

였다. 투우경기는 전과 다름없이, 별 흥미를 끌지 못하며 진행
되고 있었다.

그 이후의 사건들은 일순간에 그리고 관련성 없이 벌어졌는
데, 그것은 그 사건들이 진짜로 연결되지 않아서가 아니라 방
심하여 나의 주의력이 완전히 분리되어 있었기 때문이었다. 일
순 나는 시몬이 생 불알 가운데 하나를 물어뜯는 걸 보고 공포
를 느꼈다. 이어서 그라네로가 진홍색 천을 내보이며 황소에게
다가갔고―거의 동시에 드디어 숨이 막힐 정도로 음란한 모
습을 한 시몬이 머리에 피를 묻힌 채 축축하게 젖은 음부가
보일 만큼 뽀얗고 날씬한 넓적다리를 드러내더니 연한 색의
두 번째 생 불알을 천천히 그리고 확실하게 음부 속에 집어넣었
다― 그라네로는 황소에게 받혀 넘어지면서 난간 곁에서 꼼짝
할 수 없게 되어버렸다. 황소는 뿔로 난간을 힘껏 세 번 들이받
았고, 세 번째 공격에서 뿔 하나가 그라네로의 오른쪽 눈과 머리
전체를 뚫어버렸다. 엄청난 공포로 뒤덮인 경기장의 일격은 시
몬의 오른가슴과 순간적으로 중첩되었다. 좌석에서 엉덩이를
뗀 그녀는 그대로 넘어지면서 코피를 흘렸고, 여전히 찌는 듯

내리쬐는 태양 아래 벌러덩 널부러져 있었다. 사람들은 곧장 그라네로의 시체로 몰려갔다. 시체의 오른쪽 눈이 머리 밖으로 늘어져 있었다.

11

세비야의 태양 아래에서

　그리하여 서로 비슷한 밀도와 크기를 가진 두 구체는 동시에 반대 방향으로 움직이면서 불현듯 활기를 띠게 되었다. 그중 하나인 황소의 흰 불알은 관중 속에서 노출된 시몬의 '장미색과 검은색'의 엉덩이 속으로 들어갔다. 또 다른 하나인 인간의 눈은 창자 더미가 몸 밖으로 쏟아져나올 때와 같은 기세로 그라네로의 얼굴 밖으로 튀어나왔다. 그런 식의 일치가 죽음과, 그리고 하늘이 오줌으로 용해된 것과 연관되어 있었기 때문에, 불행하게도 극히 짧고 불안정한 순간에 지나지 않았지만 우리는 처음으로 '마르셀'에게 다가가게 되었다. 그리고 그와 동시에 뿌연 섬광이 터져나왔고, 나는 마치 눈높이에서 그녀를 '만지기'라도 할 듯이 몽유병 환자처럼 나도 모르게 한걸음 내디뎠다.

물론 모든 것은 즉시 예전의 모습을 되찾았지만, 그라네로가 죽은 이후로는 맹목적인 강박관념이 우리를 짓누르고 있었다. 시몬은 기분이 몹시 안 좋았던지 당장이라도 마드리드를 떠나고 싶다고 에드먼드 경에게 말했다. 그녀는 유흥지로서 명성을 날리는 세비야에 큰 관심을 갖고 있었던 것이다. '여태껏 지상에 존재했던 존재 가운데 가장 단순하고 가장 천사 같은 존재'의 변덕을 만족시키는 데에서 도취적 기쁨을 느끼고 있던 에드먼드 경은 다음 날 우리를 세비야에 데려갔다. 세비야의 더위와 햇빛은 마드리드보다 더 퇴폐적이었다. 게다가 길거리에는 제라늄과 협죽도 같은 꽃이 흐드러지게 많이 피어 있어서 성적 본능을 일깨우고 말았다.

시몬은 아주 얇은 흰색 옷 아래로는 아무것도 걸치지 않은 채 산책했기 때문에, 옷감 아래로 그녀의 붉은색 코르셋은 물론이고 심지어 특정 부위의 털까지 알아차릴 수 있었다. 또한 그 도시의 모든 것이 그녀의 싱싱한 아름다움에 뭔가 관능적인 것을 부여하는 데에 기여했기 때문에 우리가 찌는 듯 무더운 거리를 지나갈 때마다 나는 남자들의 음경이 바지 속에서 솟아오른 걸 자주 보았다.

 실제 우리는 말하자면 계속해서 육체관계를 맺고 있었다. 우리는 오르가슴을 느끼지 않도록 하면서 그 도시를 구경 다녔는데, 이것이야말로 내 음경이 그녀의 음부 속에 한없이 잠겨 있지 않게 하는 유일한 방법이었다. 우리는 단지 산책하는 도중에 생기는 온갖 기회를 이용할 따름이었다. 우리가 유리한 장소를 떠난 것은 오직 또 다른 유리한 장소를 발견할 목적에서뿐이었다. 빈 박물과 진열실, 계단, 덤불이 높게 둘러진 공원 산책길, 문이 열려 있는 교회, ─밤이면 인적이 끊긴 골목,─ 우리는 그런 비슷한 장소를 발견할 때까지 걸었으며, 그런 장소를 발견하기만 하면 나는 즉시 그 처녀의 한쪽 다리를 들어올려 몸을 열면서 내 음경을 단숨에 엉덩이 깊숙한 곳까지 던져넣었다. 그러다가 나는 그녀의 외양간에서 김이 나는 내 음경을 뽑아냈고, 딱히 목적지도 없는 산책을 우리는 다시 시작했다. 대체로 에드먼드 경은 멀리서 우리를 따라오다가 불쑥불쑥 나타났다. 그의 얼굴이 자줏빛으로 변하기도 했지만, 가까이 다가오는 법은 결코 없었다. 그리고 수음을 한다 해도 은밀하게 했는데, 사실 그것은 그가 조심성이 있어서가 아니라 혼자서 거의 꼼짝 않고 선 채로 무시무시하게 근육을 경련시키지 않고는 절대로 아무것도 할 수 없었기 때문이다.

"저기 굉장히 흥미로워요. 저건 돈 주앙 성당요."

그는 어느 날 우리에게 한 성당을 가리키며 말했다.

"그래서요?"

시몬이 대꾸했다.

"당신은 나랑 여기 남아 있어요."

"도대체 무슨 생각이죠?"

그 생각이라는 게 이해할 만한 것이든 아니든 간에 시몬은 실제로 호기심을 느끼며 혼자서 성당 안으로 들어가고 우리는 길에서 그녀를 기다렸다.

오 분 뒤 시몬은 성당 입구에 다시 나타났다. 우리는 망연자실해 서 있었다. 그녀가 웃음을 터뜨린 채 더는 말을 할 수도 웃음을 멈출 수도 없었기 때문에, 반은 전염이 되어서, 반은 눈을 찌를 듯 내리쬐는 햇빛 때문에 나도 에드먼드 경과 더불어 웃기 시작했다.

"괘씸한 처녀Bloody girl 같으니. 무슨 일인지 설명 안 할 거요? 우린 돈 주앙의 무덤 바로 위에서 웃었단 말이요!"

에드먼드 경이 말했다.

그러고 나서 그는 더 크게 웃으면서 우리 발밑에 있는 커다란 묘지의 동판을 가리켰다. 그것은 안내자들이 돈 주앙이었다고 말하는, 그 성당 설립자의 묘지였다. 잘못을 뉘우친 그는 신자들이 그의 소굴을 드나들며 자기 시체를 밟고 다닐 수 있게 자신을 성당 입구 밑에 묻도록 했던 것이다.

그런데 웃음의 발작증이 갑자기 훨씬 더 심각해져버렸다. 시몬은 어찌나 요란하게 웃었던지 오줌을 찔끔 싸고 말았고, 가느다란 오줌 줄기는 그녀의 양다리를 타고 내려와 동판 위를 흘렀다.

게다가 우리는 그 우연한 사건의 또 다른 결과를 확인하게 되었다. 옷감이 오줌에 젖으면서 몸에 달라붙었고, 그러자 속이 환히 들여다보였기 때문에 가터의 붉은 리본 사이로 거뭇거뭇 보이는 시몬의 아름다운 배와 허벅지가 특히 음란하게 드러났다.

"성당으로 다시 들어가는 수밖에 없겠어요. 옷이 마를 거예요."

시몬이 침착하게 말했다.

우리는 널따란 홀로 불쑥 들어갔다. 하지만 에드먼드 경과 나는 아무리 둘러보아도 시몬이 우리에게 설명할 수 없었던 희극적인 광경을 찾을 수 없었다. 그 홀은 꽤 서늘했으며, 투명한 진홍색 커튼이 드리워진 창문을 통해 빛이 비쳐들고 있었다. 천장은 공들여 만든 골조로 이루어져 있었고, 석회를 바른 벽에는 대체로 지나치리만큼 도금이 돼 있는 여러 가지 종교용품들이 빈틈없이 놓여 있었다. 바탕이 되는 벽면 전체는, 지면에서 골조까지 온통 도금이 되어 있었고, 나무로 만든 바로크풍의 제단과 덮개가 자리를 차지하고 있었다. 인도를 연상시키는 부자연스럽고 복잡한 장식과 짙은 황토색이 나는 금빛 광택의 제단은 내게는 처음부터 무척이나 신비롭고, 사랑을 나누라고 만들어진 것처럼 보였다. 출입문 좌우로는 썩어가고 있는 시체를 그린, 화가 후안 데 발데스 레알의 유명한 그림 두 점이 걸려 있었다. 주목할 만한 것은 쥐 한 마리가 그 시체 중 한 구의 눈구멍 속으로 들어가는 장면이었다. 하지만 아무리 눈을 씻고 봐도 희극적인 점은 도대체 찾아볼 수 없었다.

오히려 그 반대로, 붉은 커튼이 만드는 빛과 그늘의 유희, 서늘함, 꽃을 활짝 피운 협죽도의 진한 후추 냄새, 시몬의 음모에 달라붙어 있는 옷 등 모든 것이 화려하고 관능적이었다. 그 모든 것으로 인해 나는 욕설이 나왔고, 젖어 있는 엉덩이를 표석 위에 드러낼 준비를 하고 있었다. 그때 고해실에서 회개하는 여자의 실크 양말을 신은 발이 얼핏 보였다.

"저 두 사람이 고해실에서 나오는 걸 보고 싶어."

시몬이 말했다.

그녀는 고해실에서 멀지 않은 곳에서 내 앞에 앉았고, 나는 내 음경으로 그녀의 목과 머리끝 혹은 어깨를 애무하는 것으로 만족할 수밖에 없었다. 그러자 그녀는 금세 흥분해 내가 즉시 음경을 거둬들이지 않으면 밴대질을 쳐서 정액이 나오도록 하겠다고 말했다.

그래서 나는 다시 앉아야만 했고, 젖은 옷감 사이로 보이는 시몬의 알몸을 바라보는 것으로 만족할 수밖에 없었다. 그 뒤 그녀는 자신의 축축한 넓적다리 사이에 바람을 쐬고 싶은지 옷을 들어올리면서 다리를 벌렸다.

"너도 알게 될 거야."

그녀가 내게 말했다.

그래서 나는 그 수수께끼의 해답을 끈기 있게 기다렸다. 꽤 오랜 시간이 흐르고 굉장히 예쁜 갈색 머리의 젊은 여인이 창백하면서도 황홀한 얼굴로 두 손을 맞잡은 채 고해실에서 나왔다. 머리가 뒤로 젖혀지고 눈은 뒤집힌 그 여자는 마치 오페라에 나오는 유령처럼 느린 걸음으로 그 큰 방을 가로질러 갔다. 전혀 뜻밖의 광경이었기 때문에 나는 고해실 문이 열릴 때 웃지 않으려고 필사적으로 양다리를 바싹 붙였다. 그리고 그곳에서 새로운 인물이 나왔다. 이번에는 길고 마른 얼굴에 두 눈은 성자처럼 희끄무레한 꽤 젊고 잘생긴 금발의 사제였다. 그는 팔짱을 낀 채 고해실 입구에 서 있었는데, 마치 천상의 유령이 그를 땅 위로 들어올리기라도 하는 것처럼 천장의 한 지점을 뚫어져라 쳐다보고 있었다.

사제는 그런 모습으로 아까 그 여인과 같은 쪽으로 걸어갔고, 만일 시몬이 놀랍게도 돌연 그를 멈춰 세우지 않았다면 아무것도 보지 못한 채 사라지고 말았을 것이다. 터무니없는 생각이 그녀의 머리에 떠올랐다. 그녀는 그 몽상가를 향해 예의 바르게 인사한 다음, 고해성사를 하고 싶다고 말했다.

계속해서 법열의 상태에 빠져들어가고 있던 사제는 무뚝뚝한 손짓으로 고해실을 가리키더니 아무 말 없이 살그머니 문을 닫으며 고해청취실로 들어가버렸다.

12
시몬의 고해와 에드먼드 경의 미사

침울한 인상을 가진 그 고해 신부의 방에서 무릎을 꿇고 있는 시몬을 보고, 내가 얼마나 놀랐는지 모른다. 그녀가 고해를 하는 동안 나는 그녀가 취한 전혀 뜻밖의 행동에 대해 야릇한 호기심을 느끼며 그녀를 기다리고 있었다. 벌써부터 나는 그 치사한 존재가 자기 방에서 나온 다음, 그 신앙 없는 처녀에게 덤벼들어 채찍질을 할 거라고 추측하고 있었다. 심지어 나는 그 소름끼치는 유령을 넘어뜨리고 나서 짓밟을 준비까지 하고 있었지만, 그런 일은 일어나지 않았다. 방문은 여전히 잠겨 있었고, 시몬은 자그마한 격자 창문을 통해 오랫동안 뭔가 얘기하고 있었을 뿐 다른 일은 일어나지 않았다.

내가 의아하기 짝이 없다는 눈길을 에드먼드 경과 교환하고 있는데 사태의 윤곽이 드러나기 시작했다. 시몬이 자기 허벅지를 살살 긁으면서 양쪽 다리를 움직이고 있었던 것이다. 한쪽 무릎을 기도대 위에 올려놓은 채 나지막한 목소리로 고해를 계속하면서 양말 위쪽의 다리를 점점 더 많이 드러내고 있었다. 수음을 하는 것 같기도 했다.

나는 무슨 일이 일어나고 있는지 이해하려고 애쓰면서 살그머니 옆쪽으로 다가갔다. 과연 시몬은 사제 얼굴 옆의 창살에다 왼쪽 얼굴을 갖다붙인 채 수음을 하고 있었는데, 팔다리는 쫙 펴고 넓적다리는 양쪽으로 벌렸으며 손가락으로는 음모 깊숙한 곳을 헤집고 있었다. 나는 그녀의 몸을 만질 수 있었고, 순식간에 그녀의 엉덩이를 발가벗겼다. 그 순간 그녀가 또박또박 이렇게 말하는 소리가 들렸다.

"신부님, 저는 가장 큰 죄를 아직 말씀드리지 않았습니다."

잠시 동안의 침묵.

"가장 큰 죄란 아주 간단한 것으로서 제가 신부님에게 고해를 하면서 수음을 하고 있다는 것입니다."

다시 고해실 안에서 꽤 큰 소리가 들려왔다.

"믿지 않으신다면 직접 보여드릴 수 있어요."

그리고 나자 시몬은 진짜로 일어나더니 확고하고 재빠른 손놀림으로 수음을 하면서 고해실 격자 창문 앞에서 넓적다리를 벌렸다…….

*

"그런데 신부님, 신부님은 그 안에서 무얼 하는 거죠? 신부님도 수음을 하시나요?"

시몬이 고해청취실을 쾅쾅 두드리며 소리쳤다.

하지만 고해청취실 안에서는 아무 소리도 들려오지 않았다.

"그럼 제가 문을 열겠어요."

그리고 시몬이 문을 잡아당겼다.

안에서는 그 몽상가가 머리를 숙인 채 서서 땀이 방울방울 떨어지는 이마를 훔쳐내고 있었다. 처녀는 신부복 밑으로 그의 음경을 찾았다. 그는 꼼짝도 하지 않았다. 그녀가 더러운 검은색 치마를 걷어올리자 길고 단단한 장밋빛 음경이 솟아올랐다.

그는 뒤로 젖혀진 머리를 다시 앞으로 옮기며 얼굴을 찡그리고 이빨 사이로 획획 소리만 냈을 뿐 시몬이 그 동물적인 것을 입 속에 집어넣고 천천히 빨도록 내버려두었다.

에드먼드 경과 나는 어안이 벙벙한 채 꼼짝 않고 있었다. 나는 어찌나 감탄했던지 어찌할 바를 모르고 그 자리에 얼어붙은 듯 서 있었는데, 수수께끼 같은 영국인이 단호한 태도로 고해실을 향해 가더니 시몬을 살그머니 떼어놓은 다음, 그 망령을 초라한 집에서 억지로 끌어내서는 우리 발밑의 타일 위에 사정없이 때려눕혔다. 비열한 사제는 이빨을 바닥에 댄 채 신음조차 못 지르고 시체처럼 누워 있었다. 그는 즉시 성물안치실까지 옮겨졌다.

바지가 벗겨지고 음경이 축 늘어진 채 얼굴은 창백하고 땀으로 뒤범벅된 그는 어떠한 저항도 하지 않고 고통스레 숨을 내쉬고 있었다. 우리는 건축물처럼 생긴 커다란 안락의자에 그를 눕혔다.

"어른신들. 당신들은 어쩌면 내가 위선자라고 생각할지도 모르겠군요."

불쌍한 신부가 눈물을 흘리며 말했다.

107

"그렇지 않아."

에드먼드 경이 또렷한 억양으로 대꾸했다.

그러자 시몬이 신부에게 물었다.

"당신 이름이 뭐죠?"

"돈 아미나도요."

그가 대답했다.

시몬이 썩은 시체 같은 그 성직자의 뺨을 갈겼고, 그러자 그 시체의 성기가 다시 일어섰다. 우리는 시체의 옷을 홀랑 벗겼고, 시몬은 흡사 암캐처럼 쭈그린 채 그 옷에다 오줌을 쌌다. 그러고 나서 시체의 음경을 잡고 격하게 흔들어댄 다음 입으로 빨았고, 그동안 나는 그의 콧구멍 속에 오줌을 쌌다. 드디어 흥분이 절정에 달하자 나는 시몬을 비역했고, 시몬은 시체의 음경을 난폭하게 빨았다.

에드먼드 경은 '중노동자' 같은 얼굴로 그 광경을 물끄러미 바라보면서 우리가 피신해 있었던 큰 방을 주의 깊게 검사하고 있었다. 그는 장식 판자 속에 나 있는 구멍에 매달린 작은 열쇠 하나를 발견했다.

"이게 무슨 열쇠이지?"

그가 돈 아니마도에게 물었다.

에드먼드 경은 사제의 얼굴에서 두려운 표정을 읽자 그게 성물안치실 열쇠라는 걸 알아챘다.

영국인은 마치 어린 천사들이 연인들처럼 발가벗고 있는 부자연스러운 양식의 금제 성합 하나를 들고서 잠시 후에 돌아왔다. 불쌍한 돈 아미나도는 바닥에 버려진, 성체빵을 넣어두는 그 성스러운 그릇을 뚫어져라 바라보았다. 시몬이 이빨과 혀를 이용해 그의 음경에 태형을 가했고, 그는 뽀얗고 잘생긴 얼굴이 발칵 뒤집힐 정도로 당황하여 숨이 막힐 듯 헐떡거리게 되었다.

이번에는 문을 단단히 걸어잠그고 장롱을 뒤지던 에드먼드 경이 마침내 커다란 성배 하나를 찾아내더니 그 불쌍한 인간을 잠시 내버려두라고 우리에게 부탁했다.

"이것 보시오. 성체빵은 성합 속에 있고, 여기 이 성합 속에는 백포도주를 채워놓았군."

그가 시몬에게 설명했다.

"정액 냄새가 나요."

시몬이 누룩을 넣지 않은 빵에 코를 대고 킁킁거리며 냄새를 맡고 말했다.

"당연한 얘기지만, 당신도 알다시피 성체빵이라는 것은 자그마한 흰색 과자 모양을 한 그리스도의 정액일 뿐이오. 또한 성배 속에 든 포도주로 말하자면 성직자들은 그게 그리스도의 '피'라고 말하지만, 그건 분명히 잘못된 생각이오. 만약에 그들이 정말로 그걸 피라고 생각했다면 적포도주를 사용할 텐데 백포도주만 쓰는 걸 보면 그들이 내심으로는 그게 오줌이라는 걸 잘 알고 있음을 알 수 있어요."

명쾌한 논증이 확실한 설득력을 가졌던 까닭에 시몬과 나는 더는 설명을 들으려고 하지 않았다. 그녀는 성배를, 나는 성합을 든 채로 돈 아미나도에게 향했고 그는 온몸을 가볍게 떨 뿐 안락의자에 무기력하게 누워 있었다.

시몬이 성배 받침돌로 사제의 머리를 세게 후려치자 그의 몸이 흔들렸고, 완전히 얼이 빠져버렸다. 그러자 그녀는 다시 그의 몸을 빨면서 상스럽게 헐떡거렸다. 그녀는 에드먼드 경과 나의 도움을 받아 결국 그의 성욕을 극치까지 끌어올린 다음,

그의 몸을 세차게 흔들어대기 시작했다.

"도저히 안 되겠어요. 지금 오줌을 싸야 해요."

그녀가 대꾸를 용납하지 않는 어조로 말했다.

그리고 그녀는 다시 한 번 성배로 그의 얼굴을 때렸다. 그와 동시에 그녀는 그의 눈앞에서 알몸을 드러냈고, 나에게는 자신의 음부를 밴대질하게 했다.

젊은 성직자의 얼빠진 두 눈에 고정되어 있는 에드먼드 경의 시선이 어찌나 위압적이었던지 그 일은 아무런 어려움 없이 계속되었다. 돈 아미나도는 시몬이 그의 굵직한 음경 밑에 받쳐 둔 성배를 자기 오줌으로 요란하게 채웠다.

"이젠 마셔."

에드먼드 경이 명령했다.

오싹 움츠러든 그 불쌍한 남자는 천천히 그러나 게걸스럽게, 추잡스러울 정도로 황홀해하며 그걸 마셨다. 또 다시 시몬이 그의 몸을 빨면서 격렬하게 밴대질했다. 그는 쾌감을 느끼며 비극적으로 다시 오줌을 마시기 시작했다. 그는 미친 사람처럼 성스러운 요강을 벽에다 내던져 찌부러뜨렸다. 네 개의 튼튼한 팔이 그를 들어올렸고, 그는 다리를 벌리고 마치 목이 따이는 암퇘지처럼 고함을 내지르면서 시몬이 밴대질하며 들고 서 있는 성합 속의 성체빵 위에 정액을 뿜었다.

13
파리의 다리들

쓰러지든 말든 내버려진 그는 요란한 소리를 내며 마룻바닥에 쓰러졌다. 에드먼드 경과 시몬 그리고 나는 믿겨지지 않을 만큼 정신이 고양되고 가벼워지는 한편으로 다들 어떤 냉혹한 결정을 내릴 생각들을 하게 되었다. 발기가 풀린 사제는 분노와 수치심으로 인해 이빨을 판자에 갖다댄 채 누워 있었다. 이제 불알을 비우고 나자 그는 끔찍한 공포 속에서 혐오감을 느끼는 듯하였다. 그의 신음소리가 들려왔다.

"오, 파렴치한 불경……."

그리고 이해하기 힘든 탄식이 또 들려왔다.

에드먼드 경이 발로 그를 흔들어댔다. 그 괴물 같은 남자가 소스라치게 놀라더니 분노로 얼굴을 붉히며 물러났는데, 그 모습이 하도 우스워 우리는 웃기 시작했다.

"일어나게. 당신은 이 '소녀'와 성교를 해야 하네."

에드먼드 경이 그에게 명령했다.

"비열한 인간들…… 스페인 경찰이 당신들을…… 도형장에 보내서…… 교수형에 처해야 돼……."

돈 아미나도가 숨 막히는 듯한 목소리로 위협하듯 말했다.

"하지만 당신은 저게 당신의 정액이라는 걸 잊고 있어."

에드먼드 경이 지적했다.

그는 우선 사납게 얼굴을 찌푸리며 쫓기는 짐승처럼 몸을 떨더니 이렇게 대꾸했다.

"나도 교수형을 당해야겠지…… 하지만 당신들 세 사람이…… 우선 교수형을 당해야 해."

"가련한 바보 녀석. '우선'이라고? 자넨 내가 자네를 그렇게 오래 기다리게 할 거라고 믿나? '우선'이라고?

에드먼드 경이 비웃듯이 말했다.

그 얼간이가 어리둥절한 표정으로 영국인을 바라보았다. 멍

청하기 짝이 없는 표정이 그의 얼굴에 나타났다. 일종의 우스꽝스런 기쁨을 느끼는지 그의 입이 벌어지기 시작했고, 그는 벌거벗은 가슴 위로 팔짱을 끼더니 결국은 넋을 잃은 듯한 눈으로 우리를 바라보았다. '순교'…… 그가 갑작스레 희미해지긴 했지만 흡사 흐느낌처럼 흘러나온 목소리로 말했다. '순교'…… 정결淨潔에 대한 기묘한 기대가 그 비열한 남자의 뇌리에 떠올랐고, 그의 두 눈은 그런 기대로 인해 계시를 받은 듯했다.

그때 에드먼드 경이 침착하게 말했다.

"우선 내가 당신에게 이야기를 하나 해주지. 당신도 알다시피 교수형을 당하는 사람은 숨이 끊어지는 순간 힘차게 발기해서 사정을 하지. 그러니 당신도 저 '소녀'와 성교를 하면서 순교하는 걸 기쁘게 생각하라고."

그리고 공포에 사로잡힌 신부가 자신을 방어하려고 다시 일어서자 영국인은 그의 한쪽 팔을 비틀어 거칠게 바닥에 쓰러뜨렸다.

그러고 나자 에드먼드 경은 그 희생자의 몸을 들어올리더니 두 팔을 등 뒤로 돌려 포박했고, 그동안 나는 그의 입에 재갈을 물린 다음 혁대로 두 다리를 묶었다. 영국인은 뒤로 돌려 포박한 신부의 두 팔을 꽉 죄는 한편 다리도 단단히 고정시켰다. 나로 말하자면 웅크리고 앉은 채 내 사타구니에 그의 머리를 처박아넣고 꼼짝 못하게 했다.

"이제, 이 독신자 위에 걸터앉아요."

에드먼드 경이 시몬에게 말했다.

시몬은 옷을 벗더니 기이한 순교자의 배 위에 앉으며 축 늘어진 음경 근처에 엉덩이를 갖다댔다.

에드먼드 경이 말을 계속했다.

"이제, 목을 졸라요, 결후結喉 바로 뒤쪽의 식도를 조르란 말이오. 조금씩 더 세게 눌러야 해요."

시몬이 목을 조르자 입을 다문 채 죽은 듯이 꼼짝 않고 있던 신부의 몸이 무시무시하게 떨리면서 음경이 우뚝 섰다. 그때 나는 두 손으로 신부의 음경을 쥐고서 계속해서 목을 조르고 있는 시몬의 음부 속으로 어려움 없이 집어넣을 수 있었다.

피가 날 정도로 흥분한 시몬은 뻣뻣해진 커다란 음경이 엉덩이 사이로, 우리 두 사람 사이에 꽉 끼인 채 근육이 바드득 소리를 내는 몸뚱어리로 격렬하게 들락거리도록 했다.

드디어 그녀가 단호히 목을 조르자 더욱 격렬한 전율이 희생자의 전신을 스쳤고, 그녀는 자기 엉덩이 안쪽에서 정액이 솟아오르는 걸 느꼈다. 그러자 그녀는 목에서 손을 떼어냈고, 일종의 격정적인 쾌감을 느끼며 뒤로 쓰러졌다.

시몬은 음부 밖으로 흘러나온 죽은 자의 정액으로 여전히 엉덩이를 더럽힌 채 배를 드러내고 마룻바닥에 누워 있었다. 나도 그녀를 범하고 사정하기 위해 옆에 누웠지만, 소녀에 대한 나의 사랑과 그 성스러운 인간의 죽음이 일으킨 기묘한 정신적 마비 때문에 그녀를 껴안고 입을 맞출 수밖에 없었다. 나는 그렇게 만족을 느낀 적이 결코 없었다.

나는 시몬이 나를 밀쳐내고 일어나서 자신이 한 일을 보러 가는 것을 말리지 않았다. 벌거벗은 시체 위에 걸터앉더니 깊은 관심을 보이며 보랏빛이 도는 얼굴을 유심히 살펴보던 그녀는 이마의 땀까지 닦아주면서 햇빛 속에서 윙윙거리며 시체 얼굴 위에 끈덕지게 내려앉으려는 파리 한 마리를 계속해서 쫓아냈다. 시몬이 돌연 나지막하게 고함을 내질렀다. 도대체 어리둥절하기만 한 기묘한 일이 벌어졌다. 파리가 이번에는 시체의 눈 위에 앉더니 악몽과도 같은 긴 다리들을 그 기괴한 안구에 대고 흔들어대는 것이었다. 시몬은 자신의 머리를 두 손으로 잡더니 몸을 떨며 흔들었고, 그리고 나서 깊은 고뇌의 심연 속으로 빠져드는 것 같았다.

이상한 것은 우리가 그 이후에 일어날 수도 있는 일에 대해 전혀 관심을 두지 않았다는 사실이다. 내 생각에, 만일 누군가가 불쑥 나타났다 해도 에드먼드 경과 나는 그 사람이 눈살을 찌푸릴 시간조차 주지 않았으리라. 그건 아무래도 좋았다. 마비 상태에서 서서히 벗어난 시몬은 벽에 등을 기댄 채 꼼짝 않고 있는 에드먼드 경에게 도움을 청하러 갔다. 파리가 시체 위를 날아다니는 소리가 들려왔다.

"에드먼드 경, 당신이 해주셨으면 하는 일이 있어요."

시몬이 에드먼드 경의 어깨에 살그머니 뺨을 갖다대며 말했다.

"그렇게 하지."

그가 대답했다.

그러자 그녀는 나도 시체 옆으로 오게 했다. 무릎을 꿇은 그녀는 파리가 표면에 앉아 있는 눈을 완전히 벌렸다.

"눈이 보여?"

그녀가 내게 물었다.

"글쎄?"

"이건 달걀이야."

그녀가 아주 간단하게 결론짓듯 말했다.

"그래서 어쩌자는 거지?"

나는 무척 당황한 채 말을 계속했다.

"이 눈을 갖고 놀고 싶어."

"이유를 설명해봐."

"저, 에드먼드 경. 나는 이 눈을 가져야 해요. 뽑아주세요. 그러니까 지금 당장!"

그녀가 마침내 말했다.

얼굴이 자줏빛으로 변한 걸 제외한다면 에드먼드 경의 얼굴에서 뭘 읽어내기란 좀처럼 불가능했다. 바로 그 순간에도 그는 꼼짝하지 않았으며, 다만 얼굴만 새빨개졌을 뿐이었다. 지갑에서 예리한 날을 가진 가위를 꺼내 들고 무릎을 꿇은 그는 신중하게 살을 절개한 다음, 왼손가락 두 개를 능숙하게 눈구멍 속으로 쑤셔넣더니 오른손으로 인대를 팽팽하게 잡아당겨 잘라내면서 눈을 끄집어냈다. 그리하여 그는 피로 붉게 물든 손에 놓인 희끄무레하고 자그마한 안구를 보여주었다.

시몬은 그 기상천외한 물건을 바라보더니 결국 몹시 당황스런 표정을 지으며 손으로 집어들었다. 하지만 그녀는 조금도 주저하지 않고 즉시 유체처럼 보이는 그 물체를 엉덩이 가장 깊숙한 곳에 집어넣고 쓰다듬으면서 즐겼다. 눈을 살 위에 올려놓고 어루만지면 그 느낌이 어찌나 이상야릇한지 소름끼치는 수탉 울음소리가 흘러나올 만큼 믿을 수 없을 정도로 감미로웠다.

눈을 엉덩이 가장 깊숙한 틈으로 살그머니 밀어넣으면서 즐기던 시몬은 이번에는 드러누워서 양다리와 엉덩이를 들어올린 채 그냥 양쪽 볼기만 쥠으로써 그 깊은 틈새에서 눈이 빠져나오지 못하게 하려 했다. 하지만, 손가락 사이에 긴 버찌씨처럼 압착된 눈알은 톡 튀어나오더니 시체의 음경에서 불과 몇 센티미터 떨어진 납작한 배 위에 떨어지고 말았다.

그동안 나는 에드먼드 경이 내 옷을 벗기도록 내버려두고 있었기 때문에 완전히 벌거벗은 채 경련을 일으키고 있는 시몬의 몸뚱어리 위로 덤벼들 수 있었다. 내 음경은 온통 털투성이인 틈 속으로 단숨에 사라져버렸다. 나는 격렬하게 그녀와 섹스했고, 한편 에드먼드 경은 두 몸뚱어리의 비틀림 사이로 보이는 배와 가슴 위로 그 눈을 굴리면서 놀고 있었다. 일순 그 눈은 우리 두 사람의 배꼽 사이에서 강하게 압축되었다.

"그걸 내 엉덩이 속에 집어넣어요, 에드먼드 경."

시몬이 소리쳤다.

그러자 에드먼드 경은 눈을 엉덩이 사이에 슬그머니 밀어넣었다.

하지만 결국 내게서 빠져나간 시몬은 키 큰 영국인의 손에서 아름다운 구체를 빼앗더니 두 손으로 침착하고 조심스럽게 밀어넣어 음모 가운데로 보이는, 침이 흘러나오는 살 속으로 넣었다. 그리고 즉시 나를 끌어당기더니 목을 두 팔로 끌어안으면서 내 입술을 자기 입술로 힘껏 덮쳤다. 나는 그녀의 몸을 만지지 않고도 오르가슴에 도달하여 그녀의 음모 위에 정액을 토해냈다.

그러고 나서 몸을 일으킨 나는 옆에 누워 있던 시몬의 엉덩이를 좌우로 벌림으로써 단두대가 잘라야 할 목을 기다리듯 오래전부터 내가 기다려온 그것과 대면하게 되었다. 내 두 눈이 마치 공포로 인해 발기하듯 머리에서 빠져나와버린 것처럼 느껴질 정도였다. 나는 '시몬'의 털투성이 질 속에서 오줌의 눈물을 흘리며 날 바라보고 있는 '마르셀'의 연한 푸른색 눈을 정확하게 보았다. 김이 나는 털 속에 점점이 이어져 있는 정액은 그 몽상적인 광경에 처참한 슬픔의 특성을 막 부여할 참이었다. 나는 오줌의 경련에 의해 수축되는 시몬의 엉덩이를 좌우로 벌려놓고 있었으며, 그동안 몹시 뜨거운 오줌이 눈을 지나 가장 낮은 엉덩이 위로 철철 흘러내렸다…….

*

두 시간 뒤, 에드먼드 경과 나는 검은색 가짜 수염을 달고, 시몬은 노란 꽃이 달린 크고 우스꽝스런 검정 모자를 쓰고, 마치 시골의 귀족 처녀처럼 모직으로 만든 풍성한 원피스를 입은 채 렌터카를 타고 세비야를 떠났다. 우리에게는 큰 가방이 있었고, 매번 변장을 한 덕분에 경찰 수사망을 피할 수 있었다. 그런 상황에서 에드먼드 경은 유머로 가득 찬 재치를 발휘했다. 이렇게 해서 우리는 론다라는 소도시까지의 힘겨운 여정을 마칠 수 있었다. 그와 나는 스페인 신부들처럼 털이 많이 달린 펠트 모자에 주름 잡힌 망토를 두르고 남자답게 굵은 시가를 피우며 그곳에 도착했다. 세비야 신학생의 의상을 입은 채 우리 두 사람 사이에서 걷던 시몬은 그 어느 때보다도 더 천사 같았다. 그렇게 해서 우리는 땅도 노랗고 하늘도 노란 안달루시아를 가로질러 도망쳤다. 시몬은 햇빛이 넘쳐나는 거대한 요강처럼 보이는 그 나라에서 매일같이 새로운 인물로 끊임없이 변신했다. 햇볕이 쨍쨍 내리쬐는 정오, 나는 에드먼드 경이 충혈된 눈으로 바라보는 가운데 시몬을 덮쳤다.

나흘째 되는 날, 이 영국인은 지브롤터에서 요트를 한 대 샀고, 우리는 흑인 선원들과 함께 새로운 모험을 찾아 먼 바다로 나아갔다.

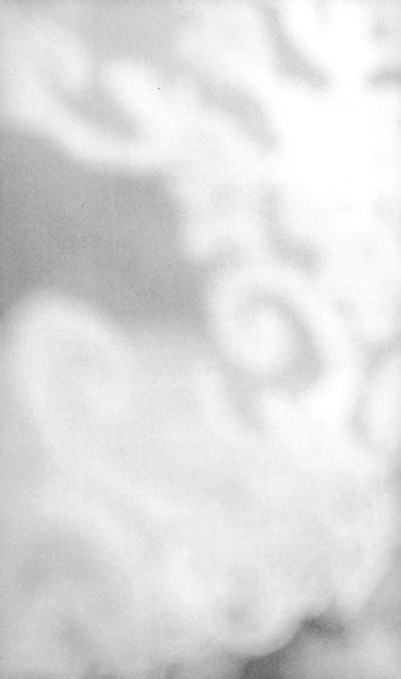

2부

일치들

Histoire de l'œil

부분적으로 상상에 의해 꾸며진 이 이야기를 구성하는 동안 나는 몇 가지 일치에 깜짝 놀랐으며, 그 일치라는 것이 꼭 내가 쓴 이야기의 의미를 간접적으로 드러내주는 것 같아서 그걸 꼭 묘사하고 싶었다.

나는 뚜렷한 결심 없이, 특히 내가 개인적으로 될 수 있거나 할 수 있는 것을 잠시만이라도 잊고 싶은 욕망 때문에 글을 쓰기 시작했다. 그리하여 처음에 나는 일인칭으로 이야기하는 등장인물이 나와는 아무 관계 없노라고 믿었다. 하지만 어느 날

유럽 풍경을 찍은 사진이 들어 있는 미국 잡지를 뒤적이던 나는 깜짝 놀랄 만한 사진 두 장을 우연히 보게 되었다. 첫 번째 사진은 우리 가족이 태어난 낯선 마을의 거리를 찍은 것이었다. 두 번째 사진은 산속 암벽 꼭대기에 자리잡은 중세의 한 성채 근처에 있는 폐허였다. 그 폐허와 관련된 내 인생의 한 가지 에피소드가 금방 떠올랐다. 그때 내 나이는 스물한 살이었다. 여름에 문제의 그 마을에 있었던 나는 어느 날 밤 야음을 틈타 폐허까지 가보기로 결심하고 즉시 실행에 옮겼는데, 정말 얌전한 처녀 몇 명과 그녀들을 보살펴야 한다는 구실로 우리 어머니가 따라나섰다. 나는 처녀 중 한 명을 사랑했고 그 처녀도 나를 사랑했지만, 우리는 결코 서로 그런 이야기를 하지 않았다. 그녀가 자신이 종교적 사명을 띠고 있다고 믿고 사제가 될 것을 고려하고 있었기 때문이었다. 한 시간 반쯤 걸었을까, 우리는 어스름한 밤 10시나 11시쯤 성 밑에 도착했다. 우리는 그야말로 몽상적인 벽들이 불쑥불쑥 솟아 있는 바위산을 기어오르기 시작했는데, 그때 눈부시도록 하얀 유령이 울룩불룩한 암벽에서 나타나더니 앞을 가로막았다. 너무나 놀라운 일이라서 처녀 중 한 명과 우리 어머니는 뒤로 넘어졌으며 다른 사람들은 날카로운 고함을 내질렀다. 나로 말하자면 처음부터 그게 장난에 불과하다는 사실을 알고 있었으면서도 갑작스런 공포에 사로잡혀 말이 막혀버렸고 몇 초가 지난 후에야 그 유령에게 알아듣기 힘든 목소리로 몇 마디 위협할 수 있었다. 유령은 내가 다가가자마자 정말 도망쳐버렸고 나는 그게 우리 형이라는 걸 확인하고 난 뒤에야 유령이 사라질 때까지 그냥 내버려두었다. 형은 다른 소년과 함께 그곳에 자전거를 타고 와서 시트를 뒤집어쓰고 있다가 아세틸렌 랜턴 불빛을 갑자기 들이대며 나타남으로써 우리를 공포에 빠뜨리는 데 성공했던 것이다.

잡지에서 그 사진을 발견했던 날 나는 시트에 관한 에피소드를 이 이야기 속에서 막 끝낸 참이었으며, 시트를 뒤집어쓴 그 유령이 왼쪽에서 나타났던 것처럼 내가 그 시트를 왼쪽에서 보고 있었다는 사실을, 그리고 유사한 혼란과 연관된 이미지들이 완벽하게 일치한다는 사실을 깨달았다. 정말 나는 가짜 유령이 출현했을 때만큼 놀란 적이 거의 없었다.

나는 모든 성적 의미를 상실한 듯 보이는 환각을 무의식중에 완전히 음란한 하나의 이미지로 바꿔놓았다는 것에 대해 꽤 놀라워하고 있었다. 그렇지만 더욱더 놀라워해야 마땅한 일이 곧

바로 내게 일어났다.

이미 나는 세비야의 성물안치실 장면을, 특히 눈 하나가 뽑힌 신부의 안구를 절개하는 장면을 아주 세세한 부분까지 상상하고 있었다. 그때 이미 그 이야기와 내 생활 사이의 관계를 알고 있었던 나는 실제로 목격했던 비극적인 투우사의 모습을 거기 대입하며 즐거워하고 있었다. 이상한 것은, 마뉘엘 그라네로(실재 인물)가 황소에게 입은 부상을 상세히 묘사하기 전까지는 두 에피소드를 전혀 연결하지 않았다는 사실이다. 이 죽음의 장면을 묘사하기 시작하는 바로 그 순간, 나는 완전히 얼이 빠져 있었다. 신부의 눈이 절개되는 장면은 내가 믿고 있던 것과는 달리, 근거 없는 창작이라기보다는 매우 심오한 삶을 살고 있던 어떤 이미지를 또 다른 인물 위에 겹친 것에 불과했다. 죽은 신부에게서 눈을 뽑아냈다고 꾸며낸 것은 황소뿔이 한 투우사의 눈을 뽑아내는 광경을 보았기 때문이었다. 그러므로 내게 가장 깊은 충격을 주었던 그 두 개의 또렷한 이미지들은 내가 나 자신을 음란한 꿈에 내맡기자마자 내 기억의 가장 어두운 곳으로부터—그리고 알아볼 수 없는 형태로— 다시 튀어나왔던 것이었다.

그런데 이 연관관계를 알아차리고, 5월 7일에 벌어졌던 투우 경기의 묘사를 끝내자마자 나는 의사 친구를 만나러 갔다. 그리고 그에게 이 묘사 부분을 읽어주었는데, 당시에는 현재 쓰여 있는 내용과는 조금 달랐다. 목이 잘린 황소의 불알을 본 적이 없었으므로 나는 그 불알이라는 것이 동물이 발기할 때와 똑같이 붉은색일 것이라고 가정하고, 이야기의 초고에 불알을 그렇게 묘사했다. 《눈 이야기》 전체가 내 머릿속에서, 긴밀하게 연관된 깊은 집착, '달걀과 눈'에 근거해 줄거리가 짜였음에도, 이때까지는 아직 황소 불알이 이 모든 순환과 무관하다고 생각했다. 하지만 내가 묘사를 다 읽자, 친구는 내가 묘사해놓은 신체조직腺이 실제 어떤 형태인지 내가 전혀 이해하지 못하고 있는 것을 지적하면서 즉시 해부학개론 책을 꺼내 상세한 설명을 읽어주었다. 이렇게 해서 나는 인간이나 짐승의 불알이 달걀 모양이며, 그 외관도 안구의 그것과 똑같다는 사실을 알게 되었다.

이번에 나는 '매우 음란한', 즉 엄청나게 파렴치한 근원적인 이미지, 폭발이나 착란을 일으키지 않고는 그것을 견뎌낼 수 없는 의식이 그 위에 무한히 미끄러지는 바로 그런 이미지가 일치하는 내 정신의 어떤 심오한 지점이 있다고 가정함으로써 그처럼 비정상적인 관계를 감히 설명하였다.

한편 의식의 파괴점 혹은 성적 탈선이 선택한 장소를 분명히 밝히고 나면 또 다른 범주에 속하는 개인적 추억들이 음란한 창작의 도상에서 불쑥불쑥 떠오르던 절실한 이미지들과 재빨리 연결되었다.

나는 이미 눈이 먼 상태에서 나를 가졌으며 내가 태어난 직후에는 끔찍한 병 때문에 꼼짝도 못하고 소파에 앉아 지내야 했던 아버지 P.G.의 아들로 태어났다. 그러나 자기 어머니를 사랑하는 대부분의 남자 아기들과는 달리 나는 아버지를 사랑했다. 그런데 그의 마비 상태와 백치 상태는 다음과 같은 사실과 연관되어 있었다. 그는 다른 모든 사람과는 달리 화장실에 오줌을 싸러 갈 수가 없었기 때문에 소파 위에 놓인 작은 장치 속에 소변을 보아야만 했고, 그런 일이 너무 자주 있자 그는 앞을 볼 수가 없었던 터라 대체로 삐딱하게 덮고 있던 담요 밑에서 내가 있든 없든 상관없이 일을 치르는 걸 거북해하지 않게 되었다. 그러나 무엇보다도 특히 기묘한 것은 그가 오줌을 쌀 때의 시선이었다. 아무것도 보지 못했기 때문에 그의 눈동자는 대부분 위쪽 허공을 향했으며, 그런 일은 특히 그가 오줌을 싸는 순간에 일어났다. 그런데 그는 매의 부리 모양으로 잘려진 얼굴에 늘 눈을 크게 뜨고 있었기 때문에 오줌을 쌀 때면 그의 커다란 눈이 거의 대부분 흰자위만 보였다. 그럴 때에는 오직 그만이 볼 수 있는 세계, 그로 하여금 냉소적이고 멍하고 모호한 웃음(여기서 나는 예를 들면 맹인의 고독한 웃음이 갖는 유주적遊走的 특성 등등을 여기서 모두 한꺼번에 환기하고 싶다)을 짓게 만드는 어떤 세계 속에 버려져 방황하는 듯한 따분한 표정이 얼굴에 나타났다. 어찌 됐든 내게 있어 달걀의 그것과 직접적으로 연관되어 있으며, 이 이야기 속에 '눈'이라든가 '달걀'이 나타날 때마다 거의 규칙적으로 따라붙는 오줌의 출현을 설명해주는 것은 바로 이 순간의 흰 '눈'의 이미지이다.

뚜렷이 구분되는 요소들 간의 이러한 관계를 자각하고 난 이후, 나는 또한 이 이야기의 일반적 특성과 하나의 특별한 사실 사이에서 똑같이 본질적인 새로운 관계를 발견하기에 이르렀다.

열네 살쯤 되었을 때 아버지에 대한 나의 애정은 격렬하고 무의식적인 증오로 바뀌었다. 그때 나는 가장 끔찍한 것으로 알려진 소모증消耗症의 급격한 고통 때문에 계속해서 그가 질러대는 비명소리를 내심 즐기기 시작했다. 완전한 불구였기 때문에 그가 빈번히 처하게 되었던 더러움과 악취의 상태(예를 들면 그는 바지에다 똥을 싸기도 했다)는 내가 생각했던 만큼 불쾌하게 느껴지지 않았다. 한편으로 모든 일에 있어서 나는 가장 혐오스러운 존재의 그것들과는 정반대인 태도와 견해를 취했다.

어느 날 밤, 어머니와 나는 매독에 걸린 아버지가 자기 방에서 문자 그대로 고래고래 소리를 질러가며 연설을 하는 탓에 잠에서 깨어났다. 졸지에 미쳐버린 것이다. 나는 의사를 부르러 갔고, 의사는 즉시 도착했다. 아버지는 가장 터무니없고 대체로 가장 행복한 사건들을 웅변조로 끊임없이 상상했다. 의사가 어머니를 데리고 옆방으로 가자 미쳐버린 이 맹인은 내 앞에서 원숭이처럼 큰 목소리로 외쳤다.

"이봐, 의사 양반, 당신 언제 우리 마누라랑 붙어먹은 거야?"

엄격한 교육의 실망스런 효과를 순식간에 파괴시켜버린 이 문장은 그때까지 무의식적으로 체험되었으며 의도되지 않은 일종의 지속적인 의무를 내게 남겼다. 그 의무라는 것은 내가 처해 있는 갖가지 상황에서 그 문장과 동등한 것을 계속해서 찾아야 할 필요성을 말했고,《눈 이야기》의 대부분은 바로 이것을 바탕으로 설명할 수 있을 것이었다.

나의 개인적인 음란함의 '절정'을 이번 기회에 하나도 빠짐없이 검토하기 위해서, 나는 또 하나의 일치를 덧붙여야만 했다. 나는 마지막에 도달한 마르셀과 관련된 이 몹시 혼란스러운 일치를 덧붙이게 되었다.

마르셀이 결국은 우리 어머니와 동일 인물이다, 라고 확언하는 것은 불가능하다. 그런 식의 주장은 사실 거짓은 아니겠지만 최소한 과장된 것일 수는 있다. 그러므로 마르셀은 파리의 되마고 카페에서 십오 분 동안 내 앞에 있었던 열네 살짜리 어린 소녀이다. 그럼에도 나는 몇 가지 에피소드와 분명한 사실들이 밀접하게 직접적으로 연관될 수밖에 없는 추억들 또한 이야기할 것이다.

아버지가 느닷없이 미쳐버린 직후, 이번에는 어머니가 갑자기 이성을 잃어버렸다. '자신의 어머니가 내 앞에서 상스러운 장면을 보인' 이후였다. 어머니는 여러 달 동안 조울성광증(우울증)의 발작을 일으켰다. 당시에 어머니를 사로잡고 있던 천벌과 재앙이라는 엉뚱한 생각은 나에게 줄곧 그녀를 감시해야 할 의무를 부여했기 때문에 나는 더더욱 역정이 났다. 어머니가 그런 상태에 있었기 때문에 어느 날 밤 나는 내가 잠자는 사이 그녀가 나를 쳐 죽일까봐 무서워하며 내 방의 대리석 받침돌이 붙어 있는 큰 촛대를 치워버렸다. 한편, 참고 참으며 기다리던 끝에 드디어 나는 어머니를 때리고 손목을 사정없이 비틀어서 그녀가 올바르게 생각하도록 만들었다.

어느 날, 잠깐 등을 돌리고 있는 사이 어머니가 사라져버렸다. 오랫동안 찾다가 결국에는 지붕 밑 방에서 '목을 맨' 어머니를 발견했다. 하지만 그녀는 목숨을 되찾았다.

그 일이 있고 난 직후, 어머니는 또 다시 사라졌는데 이번에는 밤사이 종적을 감춘 것이었다. 나는 작은 강을 따라, 그녀가 물에 빠져죽으려고 할지도 모르는 장소를 찾아 한없이 헤맸다. 늪을 지나 어둠 속을 계속 달리던 나는 결국 그녀와 마주 서게 되었다. '그녀는 머리까지 젖어 있었고, 치마에서는 강물이 오줌처럼 흐르고 있었다.' 그녀는 한겨울 얼음처럼 차갑고 게다가 그렇게 깊지 않은 강물에서 스스로 걸어나왔다.

나는 결코 이런 유의 추억에 연연해하지는 않는다. 왜냐하면 그 추억이라는 것이 이미 오래전에 온갖 감정적 특성을 잃어버렸기 때문이다. 추억들이 언뜻 알아보기 힘들게 변형될 때 생기를 되찾을 수 있었다. 추억은 그렇게 변형되면서 가장 음란한 의미를 띠었기 때문이다.

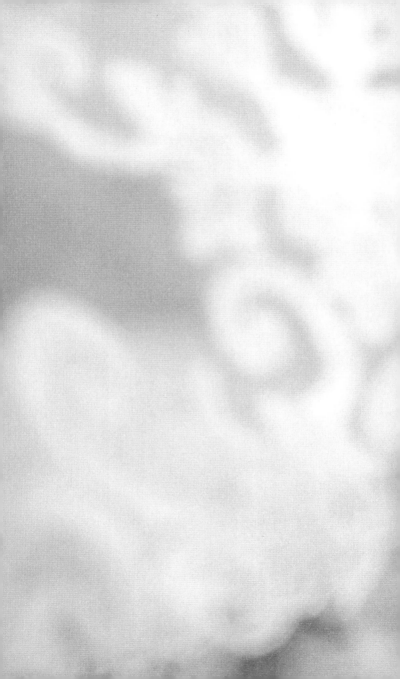

부록

포르노그래피적 상상력

수전 손택◆

1

　포르노그래피를 적어도 세 가지 차원에서, 순차적으로 수용하겠다고 맹세하지 않은 사람은 포르노그래피에 관한 논의에 끼어들어서는 안 된다. 사회 역사상의 포르노그래피가 심리적 현상으로서의 포르노그래피(이는 포르노그래피에 대한 일반적인 관점인데 즉 생산자와 소비자 모두에게서 드러나는 성적 결핍이나 기형의 징후라는 관점)와 완전히 별개로 다루어진다면 그 사실만으로도 우리는 진실에 좀 더 접근할 수 있다. 예술과 관련된 사소하지만 흥미로운 양상 혹은 관례로서의 포르노그래피와 상기한 두 포르노그래피를 구분하는 것도 마찬가지일 것이다.

내가 이 글에서 주목하고자 하는 것은 이 세 가지 포르노그래피 중 마지막 포르노그래피이다. 적당한 말이 떠오르지는 않지만, 문학 장르로서의 포르노그래피라는 범위에 한해, 나는 포르노그래피의 수상한 딱지를 기꺼이 수용하도록 하겠다(물론 그것조차 법정에서의 논쟁이 아닌, 진지하고 지적 토론에 한해 그렇다는 말이다). 문학 장르라는 말을 통해 나는 그것이 예술의 한 분야라고 사료되는 문학에 속한 작업을 지칭하고자 한다. 또한 예술적 탁월성이라는, 내재된 고유의 기준이 존재하는 작품을 지칭하고자 한다. 사회적, 심리적 현상의 관점에서 모든 포르노 텍스트는 동일한 지위를 갖는다. 그것은 기록이다. 그러나 예술의 관점에서 볼 때, 포르노 텍스트 중 일부는 다른 것이 될 수 있다. 피에르 루이의《내 어머니의 세 딸Trois Filles de leur Mère》, 조르주 바타유가 쓴《눈 이야기》《마담 에두아르다》, 그리고 가명으로 쓰인《O 이야기》《이미지l'Image》등은《캔디Candy》*, 오스카 와일드의《틸리니 혹은 훈장의 반전Teleny, The Reverse of the Medal》**, 로체스터 백작의《소돔》, 그리고 아폴리네르의《방탕한 군주The Debauched Hospodar》나 클러랜드의《패니 힐 Fanny Hill》보다 훨씬 더 높은 문학적 지위를 차지하는 이유를 분명히 알 수 있는 작품들이다. 지난 두 세기 동안 돈벌이를 위해 쓰인 포르노그래피의 양은 눈덩이처럼 불어났고, 지금도 계속 아무 통제 없이 증가하고 있다. 하지만 그렇다고 해서 포르노그래피가 문학 장르로서 가지는 위상이 흔들리는 것은 아니다. 《카펫배거》《인형의 계곡》같은 수준의 작품이 빠른 속도로 늘어난다고 해서, 《안나 카레리나》《위대한 개츠비》《아이들을 사랑한 남자》같은 작품에 대한 신뢰에 의문을 던지지 않는 것처럼 말이다. 포르노그래피에서 쓰레기 대 진정한 문학의 비율은 대중의 취향을 위해 생산된 하위 문학 전체 대 순문학의 비율보다는 조금 낮을 수도 있다. 그러나 그것은 예를 들어, SF처럼 일급 서적이 다소 적은 하위 장르의 그것보다 낮지 않을 수도 있다. (문학 형식으로서 포르노그래피와 SF는 여러 가지 흥미로운 방식으로 서로 닮았다.) 어쨌든 양적 측정은 사소한 표준을 제

---

* 테리 서던과 메이슨 호펜버그가 '맥스웰 켄튼'이라는 필명으로 출판한 포르노그래피 소설. 음란 서적을 주로 출간하는 올림피아 프레스에서 1958년 출간되었다.

** 1893년 런던에서 익명으로 출간된 포르노그래피 소설이나 오스카 와일드의 작품으로 추정된다.

공한다. 상대적으로 흔하지 않을 수 있지만, 진지한 문학작품으로 인정받는 동시에 포르노그래피라고 불리기에 적합한 작품이 존재하기도 한다. 낡은 딱지를 붙이려 들지만 않는다면.

요점은 분명해 보인다. 그러나 그것이 사실이 되는 것과는 거리가 있다. 적어도 영국과 미국에서는 포르노그래피에 대한 합리적인 조사 및 평가는 심리학자, 사회학자, 역사가, 법학자, 직업 윤리학자, 사회비평가에 의한 담론의 장내에서만 이루어지고 있다. 포르노그래피는 규명되어야 할 질병이며 판단의 문제이다. 그것은 찬성하거나 반기를 들 대상인 것이다. 음란물에 대한 편견을 버리는 것은 축음기 음악이나 팝아트를 찬성하거나 반대하는 것과 다르다. 그것은 낙태 합법화 또는 교구학교에 연방 보조금을 지원하는 문제에 대해 찬성하거나 반대하는 것과 조금 더 비슷한 문제라고 말할 수 있다. 사실 이러한 주제에 대해 접근하는 방식은 조지 P. 엘리엇과 조지 스타이너, 더러운 책 자체보다 그것을 검열하는 정책이 끼칠 악영향에 대해 내다본 폴 굿맨과 같은 사람들의 접근 방식과 동일하다. 자유지상주의자와 검열관 지망생 들은 포르노그래피를 병적인 증상이나 문제적인 상품으로 축소하는 데 동의한다. 포르노그

래피가 무엇인지에 대해서는 거의 만장일치로 합의가 이루어
진다. 호기심을 불러일으키는 상품을 생산하고 소비하는 충동
의 원천에 대한 개념으로 포르노그래피는 정의된다. 심리학적
분석의 주제로 이야기되는 경우, 포르노그래피는 정상 성인이
성적 발달을 하는 중에 일어나는 개탄스러운 미성숙을 묘사하
는 텍스트 이상도 이하도 아니다. 이 관점에서 포르노그래피
는 모든 유년기 성생활의 환상을 표현한 것으로, 이 환상은 소
위 어른이 구입할 수 있도록 더 숙련되고 덜 순진한 전성기 청
소년의 의식에 의해 편집된다. 예를 들어, 18세기 이후에 일어
난 서유럽과 미국사회의 포르노 제작에 대한 호황이 그러하듯,
사회적 현상으로서의 포르노그래피에 대한 접근 역시 매우 임
상적 접근이라 할 수 있다. 포르노그래피는 집단 병리가 되어
가고 있다. 그것은 전체 문화에서 질병으로 취급되며, 그 원인
에 대해 모두가 동의하는 것이다. 늘어나는 더러운 책의 결과
물은 기독교 안에서 이루어지는 성적 억압이라는 지긋지긋한
유산과 단순한 생리학적 무지에 기인한다. 이와 같은 오래된
문제들은 전통적인 가족 질서와 정치 질서에 있어서의 과격한
전위와 남녀 역할의 불완전한 변화라는 근래의 역사적 사건과

뒤얽혀 더 심각해지고 있다. (굿맨은 몇 해 전에 쓴 에세이에서 포르노그래피의 문제는 '전환기 사회의 딜레마' 중 하나라고 말했다.) 따라서 포르노그래피 자체에 대한 진단에 대해서만큼은 상당히 완전한 합의가 도출되어 있다. 다만 포르노그래피를 보급함으로써 발생하는 심리적, 사회적 결과물에 대한 평가와 그와 관련된 전략과 정책 수립에 대한 문제에서는 의견 불일치가 발생한다.

좀 더 계몽된 도덕 정책의 고안자들은 비록 포르노그래피를 급진적인 실패나 상상의 변형을 상징하는 것으로 한정짓기는 하지만, '포르노그래피적 상상력'이 있다는 것은 의심할 여지 없이 받아들일 준비가 되어 있다. 그리고 그들은 굿맨과 웨이랜드 영 등이 제시한 것처럼, '포르노그래피적 사회' 역시 존재함을 인정할 것이다. 게다가 실제로, 우리 사회는 그 성공적인 예시에 해당한다. 매우 위선적이고 억압적으로 건설된 우리 사회는 필연적으로, 논리적 표현이자 동시에 파괴적인 해독제 역할을 하는 포르노그래피의 생산을 동반한다. 그러나 나는 그 어떤 앵글로 아메리칸 커뮤니티에서도 포르노그래피가 재미있고 중요한 예술 작품이라고 주장하는 것을 본 적이 없다. 포르노그래피가 사회적이고 심리적인 현상 내지는 도덕적 논의의 대상으로 치부되는 한, 어떻게 그런 논쟁이 이루어질 수 있겠는가?

2

포르노그래피를 분석 주제로 분류하는 것 외에, 포르노그래피가 문학작품일 수 있는지가 진정으로 논란의 대상이 못되는 이유는 따로 있다. 그것은 대부분의 영미 비평가들에 의해 유지되고 있는, 정의를 통해 문학의 영역에서 포르노그래피를 배제해야 한다는 관점 때문이다. 그러한 관점은 사실 더 많은 배제를 낳고 만다.

물론 포르노그래피가 인쇄된 형태의 책으로 완성되는 소설이라는 의미에서 문학의 한 부분을 구성한다는 것을 아무도 부정하지 않는다. 그러나 문학과의 사소한 연결 그 이상을 허용하지는 않는다. 사실 대부분의 비평가가 산문문학의 본질을 해석하는 방식은 그들이 포르노그래피를 이해하는 수준과 크게

다를 것 없어 보이지만, 필연적으로 포르노그래피와 문학을 반대되는 관계로 정립하고 만다. 융통성 없는 사례를 들자면, 포르노그래피적 책이 문학에 속하지 않는 것으로 정의된다 치자. (혹은 그 반대의 경우도 있을 수 있다.) 그렇다면 개별 책을 검토할 필요가 사라진다.

포르노그래피와 문학에 대한 상호배타적 정의는 네 가지 주장에 기반한다. 하나는 순전히 외골수적인 주장으로, 포르노그래피 작품이 성적으로 독자를 자극하며, 이는 문학의 복잡한 기능에 대립한다는 것이다. 이 주장은 성적 흥분을 유발하는 포르노그래피의 목적 자체가 진정한 예술이 유발하는 조용하고 고립된 참여에 부합하지 않는다는 논의로 이어진다. 그러나 이 논쟁은 특히 '현실적인' 글쓰기로 의도된 독자의 도덕적 감정에의 호소를 고려할 때 특히 설득력을 잃는 듯하다. 이 주장을 반박하기 위해 몇몇 공인된 명작(초서에서 로렌스에 이르는)에도 독자의 성적 흥분을 적절하게 자극하는 구절이 포함되어 있다는 사실은 언급할 필요도 없을 듯하다. 차라리 대단한 순문학작품이 많은 의도를 가지고 있는 반면, 포르노그래피는 단하나의 '의도'를 가지고 있음을 강조하는 것이 더 합리적일 것이다.

아도르노 등에 의해 제기된 또 다른 주장은 포르노그래피 문학은 문학의 특징 중 하나인 기 − 서 − 결 형태가 결여되어 있다는 것이다. 일단 시작되면 어떤 결말에도 접근하지 못한 채 계속 반복되는 것이 포르노그래피 문학이다.

또 다른 주장은 포르노그래피의 목적이 일련의 비언어적 환상에 영감을 주는 것이며, 그 가운데에서 언어는 격이 떨어지는 단순 도구로서의 역할만 하므로 포르노그래피는 표현수단(문학의 중대한 관심사)에 대한 관심을 증명할 수 없다는 것이다.

마지막으로 그리고 가장 중요한 주장은 문학의 주제가 인간과 인간의 관계, 복잡한 감정과 느낌이라는 것이다. 이와 대조적으로 포르노그래피는 완전히 형성된 사람들(심리적이고 사회적인 초상)을 경멸하며, 동기와 신뢰에 대한 질문을 잊어버린 채, 비동기적이고 지칠 줄 모르는 비인격화된 장기organ의 상호작용만을 드러낸다.

오늘날 대부분의 영미 비평가들이 유지하고 있는 문학 개념으로부터 단순히 추론한다면, 포르노그래피의 문학적 가치는 제로가 되어야 한다. 그러나 이러한 패러다임은 그 내부에서

분석을 끝내기 위해 세워진 것이 아니며, 심지어 이 주제에 적합하지도 않다. 《O 이야기》를 예로 들어보자. 평범한 기준을 따를 때 이 소설은 분명하게 외설적이며 다른 많은 작품보다 성적인 자극을 주는 데에 효과적이지만, 성적인 각성은 묘사된 상황의 유일한 기능처럼 보이지 않는다. 내러티브에 확실한 기－서－결이 존재한다. 글쓰기의 우아함은 저자가 언어를 귀찮은 요구사항으로 여긴다는 인상을 거의 주지 않는다. 더욱이, 등장인물은 강박적이고 매우 반사회적이기는 하나, 강렬한 종류의 감정을 지니고 있다. 인물은 정신적으로나 사회적으로 '정상적인' 동기는 아니지만 동기를 가지고 있다. 《O 이야기》의 등장인물은 정욕의 심리학에서 파생된 일종의 '심리학'을 부여받는다. 그리고 등장인물이 상황에서 알아낼 수 있는 것은, 성적 몰입과 명시적으로 드러난 성행위의 방식으로 극히 제한되어 있긴 하지만, O 및 그녀의 파트너들은 동시대의 비포르노그래피 작품에 등장하는 인물보다 축소되거나 생략되지 않는다.

영미 비평가들이 문학에 대한 보다 정교한 시각을 발전시킬 때 비로소 흥미로운 토론이 진행될 것이다. (결국 이 논쟁은 외설

물에 관한 것이 아니라 극단적인 상황과 행동에 집중적으로 초점을 맞춘 현대문학 전체에 관한 것이다.) 산문문학의 정체성을 '리얼리즘'(19세기 소설의 주요 전통과 밀접하게 관련되어 있는)이라는 특정한 문학적 전통과 결부하려는 비평가들의 계속적인 시도 때문에 문제가 발생한다. 대안적 문학의 유행을 예로 들면, 문학의 정체성을 가장 위대한 20세기 작품에만 국한해 생각할 수 없다는 것이다. 즉 등장인물이 아닌 초개인적인 대화 매체에 집중할 뿐 아니라, 개인 심리학과 개인적 욕구 외부에 존재하는 모든 것에 대한 책인《율리시스》로 국한될 수 없다. 프랑스 초현실주의와 가장 최근에 등장한 누보로망에만 한정할 수 있는 것도 아니다. 독일의 표현주의 소설에만, 비엘리의《산크트 페테르부르크》와 나보코프로 대표되는 러시아의 포스트 소설에만, 또는 스테인과 버로스의 비선형적이고 무감각한 내러티브에만 국한되는 것이 아니다. 현실 속 사람들이 살아가는 양상을 현실적으로 표현하기보다 '판타지'에 뿌리를 두었다는 이유로 작품을 비난하는 문학의 정의로는, 유서 깊은 목가 문학에서 나타나는 대화들을 다룰 수조차 없다. 이는 다분히 환원적이고, 시시하며 설득력 없는 관계를 묘사한 것이기 때문이다.

이 끈질기고 진부한 클리셰를 뿌리 뽑는 것은 오래전에 끝냈어야 할 일이다. 그로 인해 고전문학에 대한 건전한 독서를 장려할 수 있을 뿐만 아니라, 비평가와 평범한 독자 들이 구조적으로 포르노그래피와 유사한 글쓰기 영역을 포함하는 현대문학과 더 자주 접촉할 수 있도록 해준다. 문학이 '인간'에 천착하길 요구하는 것은 안이하고, 사실상 아무 의미가 없는 일이다. 중요한 것은 '인간' 대 '비인간'이 아니다. (이 대결에서 '인간'을 선택함으로써 저자와 독자 모두가 즉각적인 도덕적 자기만족을 보장받는다.) 중요한 것은 인간의 목소리the human voice를 산문으로 바꾸기 위한 무한히 다양한 형태와 음조tonalities의 기록이다. 비평가에게 적절한 질문은 책과 '세계' 또는 '현실'(각 소설이 마치 독창적인 것으로 판단되고 세계가 그보다 훨씬 덜 복잡한 것으로 간주되는)과의 관계가 아니다. 오히려 세계를 존재시키고 구성하는 매개로서의 의식 자체의 복잡성에 질문을 던져야 한다. 또한 서로 대화하면서 각자가 존재한다는 사실을 경시하지 않는 작품에 접근해야 한다. 이러한 관점에서 볼 때, 시간순으로 진행되는 전통적인 방식으로, 친숙하고 사회적으로 밀집된 상황에서 날카롭게 개별화된 '등장인물'의 운명을 드러내기로 한 나이 든 소설가의 결정은 가능했던 선택지 중 하나일 뿐이다. 그 방식은 진지한 독자의 충성심과 비교해볼 때, 본질적으로 우월한 가치를 내재하고 있지 못하다. 이러한 방식에 있어 본질적으로 더 '인간'적인 것이란 없다. 현실적인 인물의 존재는 그 자체로 건전한 것이 될 수도, 도덕적 감수성을 위한 더 영양가 있는 요소가 될 수도 없다.

헨리 제임스에 따르면 산문 소설 속의 인물에 관한 유일하게 확실한 진리는 그들이 '하나의 구성적 요소'라는 것이다. 문학작품에서 인물의 존재는 많은 목적을 달성할 수 있도록 한다. 극적인 긴장감이나, 개인적 혹은 사회적 관계를 표현함에 있어서의 입체성은 작가의 목표가 아니다. 이 경우 인물을 문학의 일반적인 기준이라 주장하는 것은 도움이 되지 않는다. 생각을 탐구하는 것이야말로 진정한 산문문학의 목표이다. 물론 그렇게 되면, 소설적 리얼리즘의 기준으로 볼 때, 실재에 가까운 인물의 등장 가능은 극히 낮아진다. 살아있지 않거나, 자연계의 일부분을 구성하는 것을 상상하고 창조하는 일 또한 의미 있는 작업이 될 수 있다. 그리고 그 작업은 인간의 형상을 적절히 재조정하는 작업을 포함한다. (목가 문학의 형식은 사상과 자연의 묘사라는 두 가지 목표를 포함한다. 인물은 특정한 종류의 풍경을 구성하는 정도까지만 사용되며, 어떤 경우에는 '진짜' 자연의 한 양식이며, 어떤 경우에는 신플라톤주의적 사상의 풍경 중 하나일 뿐이다.) 인간의 감정과 의식의 극한 상태 역시 산문문학의 주제로 똑같이 유효하다. 그리고 맥락 없이 평범한 감정을 배제하고 오직 구체적인 사람과 특정 조건하에서 연결시키는 상황 역시 주제가 될 수 있다.—포르노그래피에 해당하는 경우이다.

문학의 본질에 대해 대부분의 영미 비평가들이 자신 있게 내놓는 발표에 따르면, 이 문제에 대한 생생한 논쟁이 여러 세대에 걸쳐 진행되어왔음을 결코 추측할 수 없을 것이다. 자크 리비에르는 1924년 〈신프랑스평론〉에서 "우리는 문학이 무엇인가라는 개념이 매우 심각한 위기에 봉착했음을 목격하고 있다"라고 썼다. "문학의 가능성과 한계의 문제에 대한 몇 가지 대답" 중 하나로, 리비에르는 "이 단어를 사용하는 것을 허락해준다면, 완전히 비인간적인 활동이 되어버린, 무감각한 기능의, 창조적 천문학의 한 종류로서의 '예술'(만약 그 단어를 사수할 있다면)"의 뚜렷한 경향성이 있다고 언급했다.

내가 리비에르의 에세이를 인용하는 것은 '문학 개념에 의문을 제기하기'가 특히 독창적이거나 명확하거나 논쟁의 여지가 없기 때문이 아니라, 사십 년 전 유럽 문학잡지에서 일반적으로 비판했던 문학에 대한 급진적 개념의 총체(앙상블)를 떠올리게 하기 때문이다.

오늘날까지 그 소요는 영미 문학계에서 아직도 생경하고, 이해할 수 없으며 영원히 인정받지 못하는 것으로 남아 있다. 포르노그래피는 아직도 집단적 문화적 실패에서 기인한 것으로 의심받거나, 종종 노골적인 도착 행위나 외설주의 또는 창조적인 불임creative sterility으로 일축된다. 그러나 더 나은 영어권 비평가들은 위대한 20세기 문학이 위대한 19세기 소설가들로부터 물려받은 문학의 본질에 대한 생각을 얼마나 뒤집어엎어버렸는가를 놓치지 않고 주목한다. 그들은 1967년이 되어서야 그 생각에 공명하였다. 그러나 진정으로 새로운 문학에 대한 비평가들의 인식은, 대개 기독교 시대가 시작되기 한 세기 전의 랍비가 위대한 선지자와 비교해보았을 때 자신의 영적 열등을 겸손하게 인정하면서도 예언서를 굳게 닫으며 예언의 시대는 끝났다고 천명한 것과 비슷한 방식으로 진행되었다. 그들은 후회하기보다는 안도했다. 매우 놀랍게도 앵글로 아메리칸 비평이

'실험적' 또는 '전위적'인 글쓰기라 불리는 시대에는 반복적으로 종언이 고해졌다. 오래된 문학적 개념을 깎아내리는 동시대 천재들에 대한 형식적 치하는 종종 숭고하고 살균된 문장의 산물이 바로 문학이라는, 신경증적인 고집과 동반되기도 한다. 그리고 이제, 현대문학을 바라보는 이 복잡하고 편향된 시각이 불러온 결과는 수십 년 동안 이어진 영미—특히 미국— 비평에 쏟아진 비할 데 없는 찬사와 관심이었다. 그러나 찬사와 관심이야말로, 근본적으로 부정에 접근하도록 하는 어떠한 방식과 취향의 붕괴를 동시에 업어 키운 것이다. 현대문학이 제기한 인상적이고 새로운 주장에 대해 비평가들이 시대착오적 인식을 보이는 것은 그들의 억울함과 관련이 있다. 그러한 감정은 자신들이 '현실의 거부'와 '자아의 실패'라고 고질적으로 지명해오던 것들이 이제는 그들을 지적하는 데서 비롯된다. 가장 재능 있는 영미 비평이 문학의 구조에 대한 논의를 접고, 문화 비평으로 스스로를 탈바꿈했다는 매우 정확한 지적 말이다.

내가 비평을 하는 과정에서 다른 접근 방식으로 전개했던 논쟁을 여기서 반복하고 싶지는 않다. 다만 여전히, 그런 접근 방식에 대한 언급은 하고 넘어갈 필요가 있다. 문학 그 자체, 그리고 예술 형식으로 여겨지던 산문 내러티브의 본질에 대해 급진적 성격의 작품인 《눈 이야기》 하나가 불러일으킨 논란을 설명하기 위해서도 그 과정은 필요하다. 바타유의 책과 같은 작품들은 반세기 이상 동안 유럽문학을 선점하고 있던 문학의 본질에 대한 깊은 고뇌의 재평가가 없었다면 쓰일 수 없었을 것이다. 그러한 맥락이 결여되어 있다면, 그 작품들은 영미 독자에게는 거의 동화 불가능한 것이자, 설명할 수 없는 예쁜 쓰레기인 '단순한' 포르노그래피에 불과한 것으로 받아들여질 것이다. 포르노그래피와 문학이 대립적인지 아닌지의 문제를 다룰 필요가 있다면, 그리고 만약 포르노그래피가 문학에 속할 수 있다고 주장할 필요가 있다면, 그 주장은 예술이 무엇인지에 대한 전반적인 견해를 밑바탕에 깔고 가야 한다. 매우 일반적으로 말하면, 예술(그리고 예술적 창조)은 의식의 한 형태이다. 예술의 재료는 다양한 형태의 의식이다. 어떠한 심미적 원리에 의해서도 예술의 재료에 대한 정의는 사회적 성격이나 심리적 개성을 초월하는 극단적 형태의 의식을 배제할 수 없다. 우리는 일상생활에서만큼은, 자신의 그러한 의식 상태를 억제하는 도덕적 의무를 수용할 수 있다. 의무는 실질적으로 건전한 것으로 보인다. 가장 큰 의미에서 사회적 질서를 유지하는 것뿐만 아니라, 개인이 다른 사람과의 인간적인 관계를 수립하고 유지할 수 있도록 허용해준다는 점에서 그러하다. (단, 그 접촉은 더 짧거나 더 긴 기간 동안 포기될 수 있다.) 사람들이 의식의 먼 곳을 탐험할 때, 그 행위가 그들의 건강한 정신, 즉 인간성을 담보로 이루어진다는 사실은 잘 알려져 있다. 그러나 평범한 삶과 행위에 적합한 '인간의 척도' 내지는 인간적 표준은 예술에 적용될 경우 자리를 잘못 찾은 것처럼 보인다. 지나친 단순화를 부르기 때문이다. 지난 세기 동안 자율적인 활동으로 이해된 예술은 전례 없는 투자를 받게 되었다.—그러한 투자는 세속 사회에서 인정되는 신성을 띤 인간 활동에 가장 가까운 것이기 때문이다.— 그러한 일은 예술이 가진 임무 중 하나가 시도하고, 의식의 최전방으로 나아가고(한 인간인 예술가에게 종종 매우 위험한 일이 되는 경우도 있다), 다시 돌아와 그곳에 무엇이 있는지에 대해 이야기하는 것으로 간주되기 때문이다. 영적 위험을 넘나드는 자유로운 탐험가로서, 작가는 다른 사람들과 다르게 행동할 수 있는 일종의 면허를 얻는다. 그 소명에 걸맞게, 작가는 적절하게 괴상한 생활 스타일로 치장될 수도, 그렇지 않을 수도 있다. 그의 직업은 경험의 전리품을 창조해내는 것이다. 그것은 매혹적으로 사로잡는 대상이거나 행동이어야 한다. (예술가의 오래된 개념에 의해 규정된 바와 같이) 단순히 교화하거나 즐겁게 만드는 것이어서는 안 된다. 매혹의 주요 수단은 분노의 변증법에서 한 걸음 더 나아가는 것이다. 작가는 작업이 역겹고, 모호하고, 접근하기 힘든 것이 되도록 노력해야 한다. 짧게 정리하면, 작가는 요구되지 않는, 혹은 요구되지 않는 것처럼 보이는 것을 제공해야 한다. 그러나 작가가 독자들에게 내보이는 분노가 아무리 강렬하다 해도, 작가에 대한 신뢰와 그가 갖는 영적 권위는 궁극적으로 작가 스스로를 향하는 분노를 감지하는(작가가 알려주었든, 독자가 추론했든) 독자의 감각에 달려 있다. 모범적인 현대 예술가는 광기의 중개인이다.

엄청난 영적 위험의 결과로서의 예술이 가지는 개념은 마치 새로운 플레이어가 게임에 참여할 때마다 비용이 올라가는 것과 비슷하며, 이는 비평의 새로운 기준을 제시한다. 이 개념 아래에서 만들어진 예술은 분명히 '현실적'이지 않으며, 그럴 수도 없다. 그러나 현실주의의 지침을 뒤집는 '판타지' 또는 '초현실주의'와 같은 단어가 설명할 수 있는 바는 많지 않다. 판타지는 너무 쉽게 '단순한' 판타지로 귀결된다. '유아적이다infantile'라는 형용사가 결정타이다. 예술적 기준이라기보다는 정신의학적으로 비난받는 판타지가 끝나고 상상력이 시작되는 곳은 어디인가?

현대 비평가들이 문학 영역에서 비현실적인 산문 내러티브를 진지하게 금지하고자 하는 경우는 거의 없으므로, 우리는 성적인 주제에 특별한 기준이 적용되고 있는 것은 아닌지 의심할 수 있다. 이것은 또 다른 종류의 책, 또 다른 종류의 '판타지'를 생각하면 명확해진다. 역사에서 벗어난, 꿈같은 풍경에서 사건이 일어나고, 그 사건이 특이하게 고착된 시간 안에서 일어나는 경우는—포르노그래피에서와 마찬가지로 대부분 SF에서 자주 발생한다. 일반적인 남성과 여성은 포르노그래피의 등장인물의 성적 우월성—즐기면서 보여주는—을 따라잡지 못한다는 사실이 포르노그래피의 문학성을 판단하는 결정적 근거가 될 수 없다. 기관의 크기, 오르가슴의 횟수와 시간, 성기능의 다양성과 실현 가능성, 성 에너지의 양은 모두 심하게 과장된 것처럼 보인다. 마찬가지로, SF에서 묘사되는 우주선과 많은 행성 들도 존재하지 않기는 마찬가지이다. 내러티브의 배경이 상상의 토포스topos라는 사실 때문에 포르노그래피나 SF가 문학으로서의 자격을 상실하는 것은 아니다. 현실적이고 구체적인 3차원적 시간과 공간 및 성격에 대한 협상—인간이 지닌 정력의 '환상적' 확대—은 오히려 의식의 또 다른 형태에 기초한 또 다른 종류의 문학의 구성 요소이다.

문학작품으로 간주되는 포르노그래피 재료들은, 정확히 말해, 인간 의식의 극한 형태 중 하나이다. 의심할 여지없이, 많은 사람들은 성적으로 사로잡힌 의식이 원칙적으로 예술 형식의 문학작품에 들어갈 수 있다는 사실에 동의할 것이다. 정욕에 대한 문학? 안 될 이유가 있는가? 그러나 그들은 곧바로 효과적으로 그것을 무효화하는 계약에 단서를 추가한다. 그들은 작가가 자신의 작품이 문학으로 인정받고자 하는 집착과 적절한 '거리 두기'를 요구한다. 그러한 기준은 훤히 다 들여다보이는 위선 행위로, 포르노그래피에 일반적으로 적용되는 가치가 결국에는, 예술보다는 정신의학 및 사회문제에 속하는 것임을 다시 한 번 드러낸다. (기독교가 판돈을 올리고, 성행위를 미덕의 뿌리로 삼은 이래, 성에 관한 모든 것은 우리 문화에서 '특별한 경우'가 되었으며, 이는 특히 일관성이 없는 태도를 유발한다.) 반 고흐의 그림은 설사 그의 고유한 표현 방식이 의식적으로 선택된 것이 아니라 그의 정신병에 바탕을 두고 있으며, 그가 실제로 본 현실이었다 하더라도 그 지위를 유지한다. 마찬가지로 《눈 이야기》역시 바타유의 작품이 아닌 병력으로 치부될 수 없다. 내러티브에 덧붙인 놀라운 자전적 에세이에서 드러난 것처럼, 이 책의 강박관념은 실제로 그의 것이다.

포르노그래피 작품을 쓰레기가 아닌 예술사의 일부로 만드는 것은 거리distance가 아니라, 성애적 집착을 가진 사람의 '정신병적 의식'에 기반한 일상적 리얼리티에 좀 더 근접한 '의식의 중첩'이다. 오히려, 작품에서 구현된 것처럼 정신병적 의식 자체가 갖는 독창성, 철저함, 진정성 그리고 힘이 포르노그래피를 예술로 만드는 것이라 할 수 있다. 예술의 관점에서 볼 때, 포르노그래피 작품에서 구현된 의식의 배타성은 그 자체로 이례적이거나 반反 문학적인 것은 아니다.

의도적이든 아니든, 독자에게 성적으로 흥분을 불러일으키는 포르노그래피 작품의 의도된 목적이나 효과는 문학적 결함이 아니다. 《마담 에두아르다》 같은 책에 의해 성적으로 흥분되는 것이 간단한 문제라고 생각하도록 오도하는 것은 섹스에 대한 기계론적이고 가치절하적인 접근일 뿐이다. 비평가들에 의해 종종 비난받는 의도의 단일성은, 작품이 예술 형태로서의 치료로 인정받는 순간 공명된다. 책을 읽는 누군가에게서 비자발적으로 생산된 육체적 감각은 독자의 인간적 경험의 총체—그리고 인격적, 육체적으로서 갖는 한계—를 건드리고 지나가는 무언가에 의해 동반된다. 실제로 포르노그래피의 의도가 갖는 단일성은 가짜이다. 그러나 의도의 공격성은 가짜가 아니다. 결말처럼 보이는 것은 수단으로서 상당히 놀랍고도 억압적으로 구상되어 있다. 그러나 결말은 덜 구상되어 있다. 포르노그래피는 정신착란과 방향감각 상실을 목표로 삼는 문학의 한 갈래이다.—SF 역시 마찬가지다.—

어떤 면에서 볼 때, 성적인 집착을 문학의 주제로 삼는 것은 훨씬 적은 수의 사람들이 이의를 제기하는 또 다른 문학적 주제의 사용과 닮았다. 바로 종교적 집착이다. 이렇게 비교해보면, 포르노그래피가 독자에게 분명하고 공격적인 영향을 미친다는 익숙한 사실은 다소 다르게 보인다. 독자를 성적으로 자극하는 것의 의도는 실제로 개종시키려는 것과 같다. 심각한 문학인 포르노그래피는 종교적 경험의 극단적 형태를 유발하는 책들이 '개종'을 목표로 하는 것과 같은 방식으로 '자극'하는 것을 목표로 한다.

3

최근에 영어로 번역된 프랑스 작품 《O 이야기》와 《이미지》는 이 주제와 관련된 몇 가지 쟁점을 간략히 제시한다. 이는 영미 비평에서 탐구된 적 없는, 문학으로서의 포르노그래피에 관한 것이다.

1954년에 등장한 폴린 레아주의 《O 이야기》는 머리말을 쓴 장 폴랑의 후원으로 유명해졌다. 폴랑 자신이 이 책을 썼다는 소문이 돌기도 했다.—아마도 바타유가 1937년에 '피에르 안젤리크Pierre Angélique'라는 필명을 써서 《마담 에두아르다》를 처음 출간했을 때, (자신의 이름으로 서명된) 에세이를 마담 에두아르다에게 헌정한 선례가 있기 때문일 것이다. 폴린이라는 이름이 폴랑을 연상시키기 때문이기도 하다. 그러나 폴랑은 항상 《O 이야기》에 대한 의혹을 부인했다. 그는 이 작품이 프랑스 다른 지역에 거주하며, 익명으로 남고 싶어하는, 이전에 등단한 적 없는 실제 여성의 글이라고 주장했다. 폴랑의 해명이 추측을 멈추지는 못했지만, 그가 저자라는 확신은 결국 사라졌다. 수년에 걸쳐, 책의 저자가 파리 문학계의 주요 인물이라는 수많은 독창적인 가설이 신뢰를 얻었다가 추락하기를 반복했다. '폴린 레아주'의 정체는 현대문학계에서 잘 지켜지고 있는 몇 안 되는 비밀 가운데 하나이다.

《이미지》는 이 년 후인, 1956년에 '장 데 베르그Jean de Berg'라는 필명으로 출판되었다. 미스터리를 만들기 위해, 《O 이야기》 이후로 나타난 적이 없었던 '폴린 레아주'의 서문이 붙었다. (레아주의 머리말은 간략했고 잊힐 만한 것이었다. 반면 폴랑의 서문은 길고 흥미롭다.) 그러나 '장 데 베르그'의 정체에 대한 파리의 소문은 '폴린 레아주'의 연막작전에 대한 반응보다 단정적이었다. 영향력 있는 젊은 소설가의 아내를 지목하는 소문이 문학계를 휩쓸었다.

이 두 사람의 가명에 대해 추측할 만큼 호기심이 많은 사람들이 왜 이미 공고하게 자리잡은 프랑스 문학계에서 이름을 끌어오려고 했는지 이해하는 것은 어려운 일이 아니다. 이 책 가운데 어느 하나도 아마추어의 작품일 리 없어 보이기 때문이다. 두 작품은 서로 다르지만, 《O 이야기》와 《이미지》는 일반적인 작가가 보여줄 수 없는 수준의 감각과 에너지와 문학적 지능을 보여준다. 그러한 재능은 분명 세공을 거친 대화를 통해 발달되는 것이다. 내러티브의 어두운 자의식은 통제력을 잃지 않는 범위에서 강박적 정욕을 표현해냈다. 중독이 그들을 관통하는 주제이며, (독자가 단절된 채 그저 재미있고 불길한 것으로 치부해버리지 않는다면) 두 이야기는 에로틱한 소재의 '표현'보다 '사용'에 더 치중한다. 그리고 이 사용은 현저하게 문학적이다.―이것을 표현할 다른 문구가 없다.―《O 이야기》와 《이미지》에서 터무니없는 즐거움을 추구하는 상상력은 강렬한 감정의 형식적 완성과 경험을 소진하는 과정이라는 개념에 깊게 발을 담그고 있다. 이는 작품이 반역사적ahistorical 정욕의 영역과 연결되어 있음과 동시에, 문학 및 최근의 문학사와도 연결되어 있음을 보여준다. 그래서는 안 될 이유라도 존재하는가? 경험은 포르노그래피적이 아니다. 이미지와 표현―상상의 구조로서―이 그러하다. 그렇기 때문에 독자들은 포르노그래피로 인해 직접적인 섹스보다는, 다른 포르노그래피 작품을 떠올리게 된다.―그리고 이것이 반드시 에로틱한 흥분을 해치는 것은 아니다.

예를 들어 《O 이야기》 전반에 걸쳐 반향을 일으키는 내용은, 대부분이 쓰레기인, 방대한 양의 포르노그래피적인 또는 '방탕한' 문학에서 차용된 것이다. 이는 18세기 프랑스와 영국 문학으로 거슬러올라간다. 가장 명백한 예시는 사드이다. 그러나 여기서는 사드가 쓴 글만을 염두에 두어서는 안 된다. 제2차세계대전 이후에 프랑스 문학 지식인들에 의해 재해석된 지점이 고려되어야 한다. 그리고 교육받은 문학적 취향과 진지한 프랑스 소설이 실제적으로 보여줬던 방향에 끼친 영향과 그 중요성에 있어, 제2차세계대전 발발 전 미국에서 일어났던 제임스에 대한 재평가와 비견될 만한 '비평적 제스처'가 고려되어야만 한다. 물론 프랑스 문학에서의 재평가가 더 오래 지속되었으며 더 깊은 뿌리를 건드렸다는 점은 다르지만 말이다. (사드는, 물론 잊힌 적이 없다. 그는 플로베르와 보들레르, 그리고 19세기 후반 프랑스 문학의 다른 급진적인 천재들에 의해 열정적으로 읽혔다. 그는 초현실주의 운동 후원자 중 한 명이었으며, 브르통의 사상에 있어 중요한 인물이었다. 그러나 인간 조건에 대한 급진적인 사고로 나아가는 무궁한 출발점으로서의 그의 위치를 강화한 것은 1945년 이후에 벌어진 사드에 대한 토론이었다. 보부아르의 유명한 에세이, 길버트 렐리가 쓴 지칠 줄 모르는 학자적 사드 전기, 그리고 아직 번역되지 않은 블랑쇼, 폴랑, 바타유, 클로소프스키, 레리스 같은 작가의 작품은 프랑스 문학의 감수성을 놀라울 정도로 견고하게 수정한, 전후 재평가의 가장 저명한 기록이다. 사드에 대해 프랑스 문학이 내보이는 관심의 질과 이론 밀도는 영미 문학 지식인들에게는 거의 이해되지 못한 채 남아 있다. 왜냐하면 영미 문학 지식인들에게 사드는 개인과 사회를 공히 아우르는 정신병리학 역사의 모범적 인물이기는 하지만, 심각하게 '사상가'로 간주될 인물은 아니라고 받아들여지기 때문이다.)

그러나 《O 이야기》 뒤에 있는 것은 사드뿐만 아니라 그가 키운 문제, 그의 이름하에서 자란 문제 전체이다. 이 책은 19세기 프랑스에서 쓰인 '방탕한' 작품의 전통에 뿌리를 두고 있다. 그 작품들은 일반적으로 사도마조히즘의 축을 따라, 엄청난 성적 도구(장비)와 폭력적 취향을 가진 잔인한 귀족들이 살고 있는 판타지 영국을 배경으로 한다. O의 두 번째 연인이자 주인인 스티븐 경의 이름은 분명 이 시대의 판타지에 대한 경의의 표시이다. 그것은 《눈 이야기》의 등장인물인 에드먼드 경에 대해서도 마찬가지이다. 또한 쓰레기 포르노그래피에 등장하는 상투적인 유형에 대한 문학적 언급으로서의 암시가 등장한다는 사실도 강조되어야 한다. 암시는 사드의 극장에서 그대로 가져온 주요 사건들의 시대착오적 설정과 정확히 동등한 선상에 위치한다. 이야기는 파리에서 시작된다. (O는 그녀의 연인인 르네의 차를 타고 돌아다닌다.) 그러나 이어지는 행동의 대부분은 그다지 설득력이 없다. 그곳에서는 고립된 성과 고급 가구, 사치와 하인들이 등장하며, 부유한 남성들이 모여 자신들의 잔인한 욕망의 발명품을 돌아가며 실험하기 위한 가상 노예로 여성을 데려온다. 채찍과 쇠사슬, 발가벗겨진 여성과 복면을 쓴 남성들, 불타오르는 거대한 화로, 형언할 수 없는 성적 모욕, 채찍질과 더 독창적인 방식의 신체 훼손, 섹스 파티의 흥분이 시들해질 때마다 등장하는 수많은 레즈비언 장면들. 즉 이 소설에는 포르노그래피의 레퍼토리 중 가장 낡은 소재들이 등장한다.

이를 어떻게 심각하게 받아들일 수 있겠는가? 구성의 단순함으로 인해 《O 이야기》가 뛰어난 패러디인 메타 포르노그래피 수준의 포르노그래피로 보이지 않을지도 모른다. 이는 어쨌

든 공공연하게 더러운 책으로 취급받으며 수년 동안 파리 문학
계에서 조용히 숨을 죽이고 있다가, 몇 년 전 미국에서 출간된
《캔디》를 변호하던 당시의 입장들과 매우 유사하다.《캔디》는
포르노가 아니라, 싸구려 포르노그래피 내러티브의 전통을 패
러디한 작품으로, 위트 있는 풍자극이라는 주장이 있었다. 이
작품에 대한 나의 관점은, 그것이 웃길 수는 있겠지만 여전히
포르노그래피라는 것이다. 왜냐하면 포르노그래피는 스스로
패러디할 수 있는 형식을 띠지 않기 때문이다. 이미 만들어진
전통적 등장인물, 설정, 사건을 선호하는 것이 포르노그래피적
상상력의 본질이다. 포르노그래피는 양식type의 장이지, 개인적
실체의 장이 아니다. 포르노그래피의 패러디는 그것이 실제 능
력을 가지게 되기까지, 항상 포르노그래피로 남아 있을 것이
다. 물론 패러디는 포르노그래피적 글쓰기의 일반적인 형식 중
하나이다. 사드 자신도 자주 그 기법을 사용했다. 리처드슨의
도덕주의적 소설을 반전시켜, 여성의 미덕은 항상 남성의 음탕
함을 누르는 데에 성공한다. ('안 된다'라고 거절하거나 이후에 죽
음을 선택하는 방식으로).《O 이야기》는 사드의 패러디라기보다
는 '차용'이라고 말하는 것이 더 정확하겠다.

《O 이야기》는 그 어조를 통해 이 책이 패러디이든, 골동품연구이든—만다린 포르노그래피이든?— 무엇으로 읽히든 간에, 그 모든 것이 내러티브를 구성하는 요소에 불과하다는 것을 시사하고 있다.(가능한 한 모든 정욕의 형태를 포함하는 성적 상황들이 자세하게 묘사되어 있지만, 산문 양식은 오히려 형식적이며, 언어는 품위 있고, 대부분 담백하다.) 사드 무대의 특징들이 행동을 형성하기 위해 사용되고 있지만, 서술의 기본 라인은 사드의 어떤 작품과도 근본적으로 다르다. 첫째, 사드의 작품에는 결말의 개방성과 탐욕의 원칙이 포함되어 있다. 사드의《소돔 백이십 일》은 아마도 (그 규모면에서) 가장 어마어마한 상상력을 보여주는 포르노그래피일 것이다. 형식상으로 대단히 생략적이고, 부분적인 서사와 부분적인 묘사로 인한 충격과 놀라움을 선사하는 포르노그래피적 상상력의 전집과도 같은 이 책은 결국 살아남았다. (사드가 1789년에 샤렝통으로 이송되면서 그것을 남겨두고 떠났고, 후에 바타유에 의해 우연히 그 원고가 발견되었다. 그러나 사드는 죽을 때까지 자신의 걸작이 감옥이 파괴될 때 함께 파괴되었다고 믿었다.) 사드의 분노 급행열차는 평평하고 끝없는 트랙 위를 내달린다. 그의 묘사는 감각적이라고 보기에는 지나치게 도식적이다. 가상의 행위들은 오히려, 끊임없이 반복되는 사상의 묘사에 가깝다. 그러나 이러한 논쟁적 사상 자체는, 잘 생각해보면 본질적 이론보다 극작법의 원칙과 비슷해 보인다. 사드의 사상—사람을 '물체' 혹은 '대상'으로, 신체를 기계로, 난행을 여러 기계가 서로 협력함에 있어 발생하는 무한한 희망의 가능성의 발명으로 인식하는—은 끝이 없고 무한한 종류의, 궁극적으로 아무 의미 없는 활동을 가능하게 만들기 위해 고안된 것으로 보인다. 대조적으로 《O 이야기》에는 명확한 진전이 있다. 사드의 카탈로그 또는 백과사전의 진술 원칙과 반대되는, 사건의 논리가 있다. 이러한 구성의 진전은 서사 대부분에서 저자가 일반적인 포르노그래피 문학에서 부인되는 단위인 '커플'의 흔적을 적어도 한 쌍에게만은(O와 르네, O와 슈테판 경) 용인하고 있다는 사실에 의해 강력하게 뒷받침된다.

물론, O 자신의 모습은 다르다. 그녀의 감정은 비록 끈질기게 하나의 주제를 고수하고 있으나, 약간의 변조를 보여주며 신중하게 그려졌다. 비록 소극적이기는 하나, O는 사드의 작품에 등장하는, 무례한 귀족들과 사탄의 사제들에게 괴롭힘을 당하며 외딴성에 억류된 멍청이들과 닮지 않았다. 그리고 그녀는 활동적으로 그려졌다. 재클린을 유혹하는 데 있어서는 말 그대로 활동적이며, 자신의 수동성과 관련된 부분에 있어서는 조금 더 중요하고 심오하게 활동적으로 그려진다. O는 자신의 사드적 프로토타입과 표면적으로만 닮았다. 사드의 책에는 저자를 제외하고는 사람들이 의식이 없다. 그러나 O는 의식을 가졌으며, 이로부터 그녀의 이야기가 전해진다. (관찰자적 시점으로 쓰였지만, 화자는 O의 관점에서 벗어나지 않으며 그녀가 이해하는 것 이상을 이해하지 못한다.) 사드는 일종의 비인간적이거나 순수한 성적 조우를 나타내기 위해, 모든 개인적 만남에서 일어나는 성욕을 탈색하는 것을 목표로 삼는다. 그러나 '폴린 레아주'의 내러티브는 O가 다른 사람들, 특히 르네, 슈테판 경, 재클린, 안네마리에게 매우 다른 방식(사랑 포함)으로 반응하고 있음을 보여준다.

사드는 포르노그래피적 글쓰기의 주요 관행을 대표하는 것으로 보인다. 포르노그래피적 상상력이 한 사람을 다른 사람과 상호교환할 수 있도록 만드는 경향이 있는 한, 모든 사람은 사물과 상호교환이 가능하다. O와 같은 인물에 대한 묘사는 기능적이지 않다. 왜냐하면 O는 그녀의 의지와 이해의 특정 상태

(그녀가 버리려고 하는)를 드러내는 언어로 묘사되고 있기 때문이다. 포르노그래피는 주로 사드의 저스틴과 같은 피조물로 채워진다. 그들에게는 의지도, 지능도, 심지어는 기억도 부여되지 않는다. 저스틴은 반복되는 무지의 폭력으로부터 아무것도 배우지 못한 채, 영속적 경악의 상태에 살고 있다. 매번 새로운 배신을 당하고, 그녀는 다음 라운드를 위해 자리를 잡고, 마치 경험을 통해 어떤 것도 배우지 못한 사람처럼, 그 뒤에 따라오는 방탕한 주인을 믿을 준비가 되어 있다. 그녀의 신뢰는 자유의 상실, 전과 다를 바 없는 모욕감, 악을 찬양하는 불경스러운 설교로 보상받는다.

대부분의 경우, 포르노그래피에서 성적인 대상의 역할을 하는 인물은 코미디에서 주요한 '유머'가 만들어지는 것과 같은 소재로 만들어진다. 저스틴은 캉디드*와 같다. 그는 또한 암호, 공백, 잔악한 시련으로부터 그 어떤 것도 배우는 것이 불가능한, 영원한 나이프naif이다. 분노의 중심에 있는 캐릭터를 등장시키는 코미디와 유사한 구조 역시(버스터 키튼이 전형적이다)

---

* 볼테르의 주요 저작 중 하나인 《캉디드》의 주인공으로 낙천주의를 대변하는 인물. 프랑스어로 '순진한, 순박한'이라는 의미이다.

포르노그래피에 반복적으로 등장한다. 코미디와 마찬가지로, 포르노그래피의 인물은 행동주의적으로 외부에서만 볼 수 있다. 정의에 따르면, 그들을 깊이 들여다보는 것은 불가능하다. 이를 통해 관객의 감정을 진정으로 끌어들일 수 있다. 대부분의 코미디에서 농담은 절제되거나 마취된 감정과 엄청난 분노를 일으키는 사건의 불균형에 정확하게 자리한다. 포르노그래피의 작동 방식도 이와 유사하다. 정욕의 대리인들이 그들이 놓인 상황에 대해 보이는, 일반적인 정신 상태의 독자가 보기에는 믿을 수 없는 미온적 반응과 무표정한 어조에 의해 유발되는 것은 웃음이 아니다. 이를 통해 드러나는 것은 관음증적인 성적 반응이다. 혹은 성적 행위에 등장하는 참가자 중 한 명과의 직접적인 동일시를 통해 안전을 보장받고자 하는 욕구일 것이다. 그러므로 포르노그래피의 정서적인 평온함은 예술성의 실패도 아니며 고착화된 비인간성의 지표도 아니다. 포르노그래피 독자들은 감정이 직접적으로 언급되지 않을 때에만 자기 자신만의 반응을 위한 공간을 찾을 수 있는 것이다. 저자의 명시된 정서로 장식되고 서술된 사건이 미리 독자를 흔들어버리면, 사건 자체로 감흥을 얻기란 더욱 어려운 일이 된다.

코미디 무성영화는 연속적인 소요 또는 반복적인 동작(슬랩스틱), 그리고 무표정한 사람의 슬랩스틱이 하나의 결말—무감각 혹은 중립화 혹은 관객의 감정과 거리 두기, '인간적인' 방식으로 감정이입하는 능력, 폭력 상황에 대한 도덕적 판단을 내릴 수 있는 능력—로 수렴되는 많은 사례를 제시한다. 동일한 원칙이 모든 포르노그래피에도 적용된다. 포르노그래피의 등장인물이 감정을 가질 수 없다는 이야기는 아니다. 그들은 감정을 가질 수 있다. 그러나 과소 반응과 광란의 소요의 원칙이 자기 소멸의 감정적 기후를 만들며, 포르노그래피의 기본 어조를 냉담하고 무표정한 것으로 만든다.

그러나 냉담함의 정도는 구별될 수 있다. 저스틴은 성적 대상의 전형성을 지닌 인물이다. (대부분의 포르노는 남성이나 전형적인 남성의 관점에서 쓰였기 때문에 여지없이 여성이 그 대상이 된다.) 그녀는 혼란스러운 희생자이다. 그녀의 의식은 경험에 의해 변하지 않는다. 그러나 O는 능숙하다. 고통과 두려움에 드는 비용이 얼마이든, 그녀는 미스터리에 빠질 수 있는 기회에 고마워한다. 그 미스터리는 바로 자아의 상실이다. O는 배우고, 경험하고, 변화한다. 단계적으로 그녀는 자신의 본연을 깨

닮게 되고, 자신을 비워내는 과정과 동일시된다.《O의 이야기》에서 그려지는 세계의 관점에 따르면, 최고의 선은 바로 개성의 초월이다. 구성의 진전은 수평적이 아니며, 비하를 통한 격상과도 같은 것이다. O는 단순히 스스로를 자신의 성적 유용함과 동일시하지 않지만, 성적 대상으로서 완벽에 이르고자 한다. 만약 이것이 비인간화, 인간성 말살의 특징으로 여겨질 수 있다면, 그녀의 상태는 르네와 스테판 경, 그리고 로이시의 다른 사람에게 종속되었던 생활의 부산물이 아니라 그녀가 처한 상황을 드러내는 관점으로서, 그리고 그녀가 추구하고 결국에는 달성하는 무언가로서 이해되어야만 한다. 그녀의 성취에 대한 마지막 모습은 책의 마지막 장면에 나온다. O는 파티에 끌려가서, 쇠사슬로 묶인 채 올빼미 의상을 입고 있었다.—그녀의 행동 하나하나는 마치 더는 인간의 그것이 아닌 것과 같아서 아주 매우 설득적이었다. 아무도 그녀에게 직접 말을 걸 생각을 하지 못했다.

O가 추구했던 바는 그녀를 이름으로 부르는 의미심장한 편지에 간결하게 압축되어 있다. 'O'라는 이름은 자신의 성별sex을 풍자한다. 자신의 개별적 성별individual sex이 아니라, 여자

woman, 그리고 그것이 상징하는 것이 없음*을 풍자한다. 그러나 《O의 이야기》가 펼쳐놓는 것은 영적 역설이다. 그것은 가득 찬 공허이며, 충만하면서 동시에 멍한 것이다. 이 책의 힘은 역설이 계속 존재함으로 인해 발생하는 고뇌 속에 정확히 자리한다. '폴린 레아주'는 사드가 자신의 서투른 설명과 담론을 통해 시도했던 것보다 훨씬 더 유기적이고 정교한 방식으로, 인간의 개성 그 자체의 지위에 대한 질문을 던진다. 그러나 사드가 권력과 자유의 관점에서 개성의 소멸에 관심을 가졌던 반면, 《O의 이야기》의 저자는 행복의 관점에서 개성의 소멸에 관심을 두었다. (영문학에서 이루어진 이 주제에 대한 최신의 언급은, 로렌스의 《길 잃은 소녀The Lost Girl》의 특정 구절에서 발견된다.)

그러나 역설이 현실적 의미를 얻기 위해서는, 독자가 그들이 속한 사회의 가장 계몽된 구성원들이 보유한 것과는 상이한 섹스에 대한 관점을 받아들여야 한다. 지배적인 견해—루소주의와 프로이트주의 및 자유주의사회사상의 혼합물인—는 섹스 현상을 완벽하게 이해할 수 있는 것으로 간주한다. 그러나 그

---

* O가 '영' 또는 '제로'를 의미하는 것을 말한다.

것은 독특하고 소중한 감정적, 육체적 쾌락의 원천이다. 서구 기독교에 의해 시행된, 성적 충동에 대한 장기적인 변형에서 비롯된 문제들은 이 문화의 거의 모든 사람이 가지고 있는 못생긴 상처이다. 첫 번째로 들 수 있는 문제는 죄책감과 불안이다. 그리고 성적 능력의 저하가 있다.—가상성 불능이나 냉담에 이르게 되지 않으면, 최소한 정력의 고갈과 성적 욕망의 자연 요소들을 억압하는 형태('변태'라고 부르는)에 이르게 된다. 그러면 사람들은 타인의 성적 즐거움에 대한 뉴스를 접하고 질투, 매혹, 반발, 악의적 분노로 반응하는 경향을 보이면서 공공연한 부정에 빠져든다. 이는 포르노그래피와 같은 현상이 유래된, 현 문화의 성 건강 오염에서 유래한다.

나는 서구의 섹슈얼리티의 변형에 관한 이러한 기술에 포함된 역사적 진단과 논쟁하지 않는다. 그럼에도 불구하고, 우리 사회의 가장 많은 교육을 받은 구성원들이 보유한 견해의 복잡성에 있어 내가 결정적이라 느끼는 부분은 의심스런 가정as-sumption—즉 인간의 성적 욕망이란, 만약 누군가에 의해 왜곡되지 않는다면, 자연스럽고 즐거운 기능이지만, '음란함'은 관습이라는—이다. 이것은 성행위와 성적 쾌락에 사악한 무언가가 존재한다고 확신하는 사회가 자연에 부과한 소설이다. 사드, 로트레아몽, 바타유, 그리고 《O의 이야기》 및 《이미지》의 저자가 대표하는 프랑스 전통에 의해 도전받는 것은 이러한 가정뿐이다. 그들의 연구는 '음란함'이란 인간 의식의 원시적 개념의 하나로, 아픈 사회가 몸에 대해 드러내는 혐오의 여파보다 훨씬 심오하다는 사실을 보여준다. 인간의 섹슈얼리티는, 기독교의 억압과는 별개로 매우 의심스러운 현상이다. 그리고 그것은 적어도 잠재적으로나마, 인류의 일반적 경험보다는 극단적인 것에 속한다. 길들여진 것인지 모르지만, 섹슈얼리티는 인간 의식 속 악한 힘 중 하나이다.―금기와 위험한 욕망에 우리를 가깝게 밀어붙인다. 그러한 금기와 욕망은 갑자기 타인에게 아무 이유 없는 폭력을 가하고 싶은 충동에서부터, 죽음이라는 의식의 소멸에 대한 관능적 갈망에 이르기까지 다양하다. 육체적인 느낌과 감정으로만 보더라도, 사랑을 나누는 행위는 누군가와 식사를 하거나 대화를 나누는 것보다, 간질 발작과 닮은 듯하다. 누구나 (적어도 환상에서만큼은) 상스럽고 역겨운 것에서 비롯된, 육체적 잔인함의 성애적 매력과 유혹을 느껴본 적이 있을 것이다. 이러한 현상은 진정한 섹슈얼리티의 일부를 형성하며, 단순한 신경증적 일탈로 치부되지 않는 한, 상황은 계몽된 여론에 의해 조장된 것과는 달리 덜 천박하게 보일 수 있다.

혹자는 대부분의 사람들이 성적 황홀경에 도달하지 못하는 이유가 사회적 건전함을 지속시키기 위해서라고 주장한다. 섹슈얼리티를 원자력과 같은 것으로 비유하자면, 이런 부류의 것들은 양심의 가책을 통해 교화에 순응할 것이라는 예측을 깨고, 결국에는 교화되지 않기 때문이다. 우려를 불러일으키는, 이러한 성적 경험을 항상 혹은 정기적으로 하는 사람이 매우 드물다는 사실 때문에 극단적 경험이 진짜가 아니라거나, 그 가능성이 낮아진다고 쉽게 결론내릴 수는 없다. (종교 역시 인간을 극도로 흥분시키는 —섹스에 이어 두 번째로— 오래된 원천이지만, 독실한 신자 가운데에서, 의식의 상태 저 먼 곳까지 다다른 사람은 틀림없이 아주 적을 것이기 때문이다.) 확실히 인간의 성적 능력에는 잠재적으로 방향감각을 잃게 만드는, 잘못 설계된 무언가가 있다.—적어도 문명 안의 인간의 능력에서는 그렇다. 병든 동물인 인간은 그를 화나게 하는 욕구를 감내하고 있다. 섹슈얼리티의 이해란 바로 그런 것이다.— 선과 악을 뛰어넘는 것으로, 사랑을 초월하고, 분별을 초월하는 것으로, 시련의 자원이며 의식의 한계를 돌파하는 자원으로서 그것을 이해하는 것이다.—그것은 내가 논의해온 프랑스 문학작품들이 무엇이었는지를 보여준다.

개성을 초월하는 데에 그 목표를 두고 있는 《O의 이야기》는, 작품 안에 드러나는 섹슈얼리티에 대한 어둡고 복잡한 견해가 미국 정신분석학과 자유주의적 문화에 의해 후원받는 희망적인 관점과는 아무런 연관이 없다고 단정짓는다. 다름 아닌 O라는 이름이 부여된 여성은 인간으로서의 자신의 소멸과 성적 존재로서의 성취를 향해 동시에 나아간다. 그러한 분열을 지원하는 '본성' 또는 인간 의식이 진정으로 그리고 경험적으로 존재하는가에 대해 누군가가 어떻게 알아낼지 상상하는 것은 어려운 일이다. 그러나 그러한 분열을 매도하는 것에 익숙한 만큼, 사람들이 늘 그 가능성에 의해 괴롭힘을 당해왔다는 사실은 당연해 보인다.

O의 계획은 포르노그래피 문학, 그 존재 자체에 의해 완성되는 또 다른 척도 위에서 진행된다. 포르노그래피 문학이 하는 일은 완전한 존재로서의 인간 존재와 성적인 존재로서의 인간 존재 사이를 틀어지게 만드는 것이다.—물론 일반적인 생활을

하는 건강한 사람은 애초에 그러한 격차가 생기지 않도록 할 것이다. 우리는 일반적으로 개인적 성취와 반대되거나 완전히 구별되는 성적 성취를 경험하지 않는다. 적어도 경험하고 싶어 하지 않는다. 그러나 우리가 좋아하든 그렇지 않든, 그것들은 어느 정도는 구별되어 있을 것이다. 강한 성적 느낌이 강박 수준의 집중을 수반할 때, 그것은 한 사람이 자신의 '자아'를 잃어간다는 느낌을 포함하게 된다. 사드에서 시작되어 초현실주의를 관통하여 가장 근간에 이르는 문학은 그러한 미스터리를 잘 활용하고 있다. 미스터리를 격려하고, 독자로 하여금 그것을 인식하게 만들고, 그것에 참여하도록 초대한다.

이 문학은 가장 어두운 의미로 보면 정욕에 의한 탄원의 기도이기도 하고, 경우에 따라서는 엑소시즘이기도 하다. 《O의 이야기》의 독실하고 엄숙한 분위기는 꽤나 지속된다. 동일한 주제에 대해 여러 분위기가 섞여 있는 작품으로는, 자기 자신으로부터 자신이 소원해지는 여정을 그린 브뉘엘의 영화 〈황금시대〉가 있다. 문학적 형식으로서의 포르노그래피 작품은 두 가지 패턴을 갖는다.—하나는 성애 종속적인 피해자가 죽음을 향해 끊임없이 나아가는 비극(《O의 이야기》에서처럼)이고, 다른

하나는 성행위에 대한 집착적인 추구가 결국 원하던 섹스 상대
와 결합하고 만족함으로써 보상받는 코미디(《이미지》에서처럼)
패턴이다.

4

보다 어두운 정욕, 그리고 매혹과 굴욕에 따르는 위험을 그
누구보다 잘 그려낸 작가는 바타유이다. 그의 소설《눈 이야기》
(1928년에 처음 출판됨)와《마담 에두아르다》는 포르노그래피
텍스트로 간주된다. 성적인 연출에서 중요하지 않은 생각들은
모두 말살해버리고, 사람들의 주의를 전적으로 독점하는 성적
인 탐구가 그들의 테마라는 점에서 그러하다. 그러한 탐구가
생생하게 묘사되었다는 점 역시 두 작품을 포르노그래피 텍스
트로 간주될 수 있도록 만든다. 그러나 이 설명은 이 책들의 비
범한 작품성에 대해 아무것도 전달하지 못한다. 왜냐하면 성기
와 성행위에 대해 투명한 솔직함을 드러내는 것이 반드시 외설
적인 것은 아니기 때문이다. 특정한 도덕적 공명을 획득할 경

우와, 특정한 어조로 전달될 때만 그러하다. 공교롭게도 바타유의 소설에 묘사된 성행위 및 준 성애적 모욕 장면의 등장 횟수는 《소돔 백이십 일》의 기계적 창의력에 비교되지 못할 만큼 희박하다. 그러나 바타유는 더 세밀하고 심오한 일탈을 보여주기 때문에, 그가 묘사한 것은 사드에 의해 연출된 광란의 난교 파티보다 어떤 면에서는 더 강력하고 더 충격적이다.

《눈 이야기》와 《마담 에두아르다》가 강력하고 충격적인 인상을 주는 한 가지 이유는, 포르노그래피가 실제로는 섹스가 아닌 죽음을 의미하는 것을, 바타유가 내가 아는 다른 어떤 작가보다 더 명확하게 이해하고 있었기 때문이다. 나는 모든 포르노그래피 작품이 대놓고 혹은 은밀하게 죽음을 말하고 있다고 규정하는 것은 아니다. 정욕과 '음란함'의 테마를 특정하고 날카롭게 굴절시킨 작품만이 그러하다. 그러한 작품은 정욕을 만족시키고 초월하는 것으로 죽음의 희열을 향해 나아간다. 이것은 진정으로 음란한 모든 탐구가 내재하고 있는 경향성이다. (음란함이 주제가 아닌 포르노그래피 작품의 사례는 성적 탐욕을 유쾌하게 다룬 작품인 루이의 《내 어머니의 세 딸》이다. 《이미지》는 이 부분에 있어 좀 더 불분명하다. 세 등장인물 간 수수께끼 같은 거래가 음란함으로 채워지는 동안—사실 음란함이 관음증적 요소로 축소되는 까닭에, 이는 거의 불길한 전조에 더 가까운 것이 된다— 이 책은 결국 화자가 클레어와 맺어지게 되면서 확실한 해피엔딩을 맞는다. 하지만《O의 이야기》는 바타유와 같은 노선을 선택한다. 물론 뒷부분으로 갈수록 진행이 지적이진 못하다. 책이 다소 모호하게, 마지막 챕터에 대한 두 가지 해석이 존재할 수 있음을 의미하는 문장으로 끝을 맺는다. 예를 들어 O는 슈테판 경에게서 죽을 수 있도록 허가를 받는데, 이와 동시에 바로 그 시점에서 그녀는 그로부터 버림받는다. 이러한 두 가지 방향성을 포함한 엔딩은 책의 도입부를 만족스럽게 되풀이하게 만든다. 그리고 도입부 역시 복수의 해석을 불러일으킨다. 물론 나는 저자가 그녀의 운명에 대한 어떤 의구심을 어떤 방식으로 표현해두었건, O가 죽음에 메여 있음을 독자가 느끼지 못할 리는 만무하다고 생각한다.)

바타유는 그의 책 대부분을 포르노그래피 문학에 있어 실내악에 해당할 만한, 레치타티보* 형식으로(때로는 에세이를 동반하여) 저술하였다. 그들의 통일된 주제는 바타유 자신의 의식,

---

* 오페라, 칸타타 등에 쓰이는 창법으로, 대사를 말하듯 노래하는 형식.

수그러들지 않는 극심한 번뇌 상태의 의식이다. 좀 더 어린 시절이었다면, 같은 의식 상태를 기반으로 번뇌의 신학을 쓸 수도 있었을 것이다. 하지만 바타유는 번뇌의 연애시를 썼다. 그는 서사의 자전적 근원에 대해 이야기하기 원했기 때문에, 자신의 극악스럽고 끔찍한 어린 시절의 생생한 이미지를 《눈 이야기》에 덧붙였다. (한 가지 기억, 맹인이었고 매독환자였으며 미치광이였던 아버지가 소변을 보는 데 실패한 장면.) 시간은 이러한 기억을 중화한다고 그는 설명한다. 수년 후, 기억은 바타유를 짓누르던 힘을 거의 잃어버렸고, "변형되어, 거의 알아볼 수 없는 모습으로, 외설적 의미를 갖는 변형의 과정을 통해서만 다시 생명력을 얻을 수 있게" 되었다. 동시에 외설은 바타유에게 가장 고통스러운 경험을 되살린다. 그리고 그는 그것을 고통을 넘어서는 성취로 연결한다. 음란, 즉 성애적 경험의 극단은 생명 에너지의 뿌리이다. 《마담 에두아르다》의 에세이 부분에서 그가 말하길, 인간은 과잉을 통해서만 살아간다. 그리고 즐거움은 '관점' 또는 스스로를 '열린 존재'의 상태로 만들 수 있는지에 달려 있다. 열려 있다는 것은 기쁨뿐만 아니라, 죽음에 대해서도 열려 있다는 의미이다. 대부분의 사람들은 자신

의 감정을 속이려 한다. 즐거움은 받아들이고 싶어하지만, '공
포'는 멀리에 두려 한다. 바타유에 따르면, 그것은 멍청한 짓이
다. 왜냐하면 공포가 '매력'을 강화하고, 욕망을 자극하기 때문
이다.

극단적인 성애 경험에서 바타유가 드러내는 것은 죽음과의
비밀스러운 연결이다. 바타유는 이러한 자의식을, 죽음을 초래
하는 성행위를 고안함으로써가 아니라, 자신의 내러티브를 시
체들로 어지럽힘으로써 전달한다. (예를 들어, 무서운 《눈 이야기》
에서 죽는 사람은 한 명뿐이다. 그리고 책은 성적 탐험가 세 명의 이야
기로 끝을 맺는다. 그들은 자신들의 악명을 전파하기 위해 지브롤터
에서 요트를 구매해, 프랑스와 스페인을 가로지르며 주색을 즐긴다.)
그가 사용한 좀 더 효과적인 방법은 '필멸'이 느껴지도록, 각각
의 행동에 혼란스러운 중력과 무게를 얹는 것이다.

그러나 죽음의 규모와 완성도에서 명확히 차이가 나는데도,
죽음에 대한 개념에서는 바타유와 사드가 공유하는 점이 있다.
바타유와 마찬가지로 사드 역시 일탈의 범위를 탐험하는 지적
탐구의 수행자들만큼 감각론자sensualist라고는 할 수 없었다. 그
리고 그는 성행위와 죽음이 궁극적으로 동일하다는 생각을 바

타유와 공유한다. 그러나 사드는 '에로티슴의 진실은 비극적이다'라던 바타유와 결코 합의할 수 없었다. 사드의 작품에서 종종 사람들이 죽는다. 그러나 이 죽음은 항상 비현실적이다. 경이로운 연고를 바르자, 난교파티에서 입은 부상이 다음 날 아침 완전히 회복되는 것만큼이나 그 죽음은 설득력이 없다. 바타유의 관점에서 볼 때, 독자는 사드의 죽음에 대한 나쁜 믿음에 갑자기 사로잡힐 수밖에 없다. (물론 사드의 것보다 훨씬 덜 재미있고, 완성도가 떨어지는 많은 포르노그래피 서적들이 같은 믿음을 공유한다.)

실제로, 사드 작품의 피곤한 반복성은 포르노그래피적 상상력에 기반한 진정한 체계적 모험의 필연적 종착지와 정박지를 직면하는 데에 실패한 그의 상상력의 결과물이라고 생각할지 모른다. 죽음은 포르노그래피적 상상력이 써내려가는 오디세이의 유일한 결말이다. 즉 단순한 즐거움 자체보다는 일탈의 즐거움에 집중할 때 이르는 결론에는 도달할 수 없었기 때문에, 혹은 도달하려 하지 않았기 때문에 그는 멈추었다. 대신 그는 서사를 곱하고 두텁게 만들어, 난교의 변형과 조합을 지루하게 반복했다. 그의 허구의 자아는 희생자들에게 실제 '계몽'

이 의미하는 바—신, 사회, 자연, 개성, 미덕에 대한 불쾌한 진실—에 대한 기나긴 설교의 최신 개정판을 전달하기 위해, 정기적으로 한 번씩 강간이나 항문성교를 중단시켰다. 바타유는 사드의 신성 모독(그리고 그렇게 하여 판타지의 뒷면에 숨겨진 관념론의 유배를 영속화하는)인 반관념론을 닮은 것들을 피하려고 노력한다. 그의 모독은 자율적이다.

포르노그래피의 바그너라 할 수 있는 사드의 책들은 정교하거나 간결하지 않다. 바타유는 그러한 효과를 훨씬 더 경제적인 방식으로 획득했다. 사드처럼 성애의 거장과 전문적인 희생자들이 만드는 오페라적 계산법을 선택하는 대신, 바타유는 상호교환할 수 없는 인물들의 실내악 앙상블을 선택한다. 바타유는 극단적인 압축을 통해 그의 급진적 네거티브들을 만든다. 이를 통해 얻어진 결과물은 거의 모든 페이지에서 사드의 것보다 더 멀리 나아가는, 담백하고 금언적인 작업을 가능하도록 만든다. 포르노그래피에서조차 더 적은 것이 더 나은less can be more 것이 될 수 있다.

바타유는 또한 포르노그래피적 내러티브의 고질적인 한 가지 문제에 대해 독창적이고 효과적인 해결책을 제공했다. 바로 결말이다. 포르노그래피가 결말에 접근하는 가장 일반적인 과정은 내적 필요성에 대한 어떠한 주장도 하지 않는 방식으로 종료되어왔다. 그리하여 아도르노는 포르노그래피의 표식을 시작이나 중간이나 결말을 가지지 않는 것으로 판단한 것이다. 그러나 아도르노는 눈치채지 못했다. 포르노그래피적 내러티브는 당연히 갑작스럽게 끝난다.—일반적인 문학의 기준으로 볼 때, 그것이 아무 동기도 없고, 예의바르지 않은 방식이라는 것은 인정한다. 이것은 필연적으로 바람직하지 않다. (SF가 진행되는 와중에, 외계 행성이 발견되는 것이 차라리 덜 급작스럽고 근거 있는 이야기일 수 있다.) 급작스러움, 우연의 고유한 사실성, 그리고 끊임없이 진화하는 우연은 문학으로서 인정받기 위해 작품에서 제거되어야 한다고 생각되는, 포르노그래피의 불행한 결함이 아니다. 이러한 특징들은 포르노그래피에 담긴, 세계에 대한 시각 혹은 상상력 그 자체의 구성요소이다. 대부분의 경우, 포르노그래피 작품들은 가장 적절하다고 할 수 있는 결말을 제시한다.

그러나 이것이 다른 유형의 결말을 배제하지 않는다. 예술 작품으로 여겨지는 《눈 이야기》와 그 정도는 덜하지만 《이미지》의 한 가지 주목할 만한 특징은, 여전히 포르노그래피적 상상력의 조건을 충족시키는 범위 안에 머물며, 더 체계적이거나 엄격한 종류의 결말에 대한 명백한 관심을 드러낸다는 점이다.—이는 보다 현실적이거나 덜 추상적인 소설의 해결책에 의해 흔들리지 않는다. 매우 일반적으로 고려되는 그들의 해결책은 시작부터 보다 엄격하게 통제되고, 덜 자발적이며 아낌없이 서술적인 내러티브를 구성하는 것이다.

《이미지》에서 내러티브는 하나의 은유인 '이미지'에 의해 지배된다. (독자는 소설이 끝날 때까지 제목의 완전한 의미를 이해할 수는 없지만). 처음에는 이 은유가 명확하고 단일하게 사용되는 것처럼 보인다. '이미지'는 '평평한' 물체 또는 '이차원적 표면' 또는 '수동적인 상'을 의미하는 것으로 보인다. 클레어가 화자에게 그의 성적인 목적을 위해 소녀를 '완벽한 노예'로 자유롭게 사용하도록 지시한다. 그러나 이 책은 중간에 또 다른 의미의 '이미지'를 소개하는 수수께끼 같은 장면으로 인해 나뉜다 (정확히 열 개 섹션으로 나뉘어지는 짧은 책 속 'V섹션'). 클레어는 화자에게 외설스러운 상황에 처한 앤의 이상한 사진들을 보여 준다. 이는 마치 겉보기에는 아무 의도가 없는 것처럼, 잔인하도록 직설적인 상황 속에서 미스터리를 암시하는 방식으로 설명된다. 이 카이수라(중간 휴지점)에서부터 책의 결말까지, 독자는 허구적으로 실재하는 '외설적' 상황이 기술되고 있음을 계속 인식하는 동시에, 그러한 상황의 간접적 반영 또는 복제에 대한 암시에도 익숙해져야 할 것이다. 두 가지 관점에서 독자에게 부가되는 짐은 '모든 것이 해결됩니다'라는 마지막 섹션의 제목처럼, 결말에 가서야 겨우 해소된다. 화자는 클레어가 아무 까닭 없이 정욕의 장난감으로서 앤을 제공한 것이 아니라, 사랑하는 법을 가르치기 위해 보내진 클레어의 '이미지' 또는 '투사'라는 사실을 발견한다.

《눈 이야기》의 구조는 똑같이 엄격하고, 범위는 더 엄청나다. 두 소설 모두 일인칭 시점이다. 둘 다 화자는 남성이며, 이야기를 구성하는 세 명의 성적 연결고리 중 하나이다. 그러나 이 두 개의 내러티브는 매우 다른 원리로 조직되어 있다. '장 데 베르그'는 화자가 알 수 없는 무언가를 어떻게 알게 되는지를 그린다. 모든 행위가 실마리이며 단서이다. 그리고 결말은 놀랍다. 바타유는 진정으로 내적인intrapsychic 행위를 묘사하고 있다. 세 명의 사람들이(갈등 없이) 하나의 판타지를 공유하고, 집단 성도착적 의지에서 벗어나 행동한다. 《이미지》의 강조점은 불투명하고 이해할 수 없는 행동이다. 《눈 이야기》는 우선적으로 판타지에 강조점을 두고 있으며, 그다음이 자연스럽게 '발명된' 행위와의 상관관계이다. 내러티브의 발전은 행위의 단계를 따라 이루어진다. 바타유는 일상적인 대상을 괴롭히는 성애적 강박관념의 만족 단계를 도표화하고 있다. 그의 구성 원리는 공간적이다. 일련의 사물들은 명확한 순서로 배열되어 있으며, 어떤 발작적인 성행위에 의해 추적되고 착취당한다. 소설의 행위는 이 대상들과 음란하게 노는 것, 그들을 더럽히는 것, 그리고 그들과 관계 맺는 사람들에 의해 구성된다. 마지막 대상(눈)이 앞선 것들보다 더 대담한 일탈에 의해 모두 소진되고 나면 내러티브가 끝나게 된다. 이 이야기에는 계시나 놀라움, 새로운 '지식'은 있을 수 없고, 이미 알려진 것에 대한 강화만이 있다. 겉으로는 무관하게 보이는 이 요소들은 실제로는 관련되어 있다. 사실, 똑같은 것들의 다른 버전일 뿐이다. 첫 번째 장에 나오는 달걀은 마지막에 가서 뽑혀나오는 스페인 사람의 눈알의 다른 형태일 뿐이다.

특정한 성애 판타지는 또한—'금지된' 것을 수행하는— 포괄적 판타지이기도 하다. 그것은 가학적이고 쉼 없는 격렬함과 같은, 과잉된 분위기를 만들어낸다. 때때로 독자는 무자비하고 방탕한 성취의 증인으로 보인다. 다른 때는 무분별한 부정의 과정에 참관하는 정도이다. 내가 아는 어떤 작품들보다, 바타유의 작품은 포르노그래피의 미적 가능성을 예술적 형식으로 보여준다. 《눈 이야기》는 내가 읽은 모든 포르노그래피 소설 가운데 가장 예술적 성취를 거둔 작품이고, 《마담 에두아르다》는 가장 독창적이며 지적인 힘을 가진 작품이다.

특화된 성적 집착에서 벗어날 수 없는 사람들이 대개 얼마나 참혹한 삶으로 이끌려 가는 것인지를 생각한다면, 포르노그래피가 갖는 예술적 형식으로서의 그리고 사고의 한 형식으로서의 미적 가능성은 몰이해하거나 거창한 것처럼 보일 수 있다. 그럼에도 불구하고 나는 포르노그래피가 개인이 겪는 악몽의 진실보다 더 많은 것을 산출해낼 수 있다고 생각한다. 그것은 상상의 형태로서 발작적이고 중복적일 수 있겠으나, 성도착증이 아닌 사람들의 (사변적이고, 미적인) 관심을 끌 수 있는 다른 버전의 세계를 만들어낸다. 사실 이러한 관심은 정확히, 포르노그래피적 사고의 한계라는 이유로, 관습적으로 묵살되어온 것들에 깃들어 있다.

5

포르노그래피적 상상력에 의해 생산된 모든 작품의 두드러진 특징은 그들의 에너지와 절대주의이다. 일반적으로 포르노그래피라고 불리는 책은 성적 '의도'와 '활동' 면에서 근원적이면서 배타적이고, 최우선적으로 몰입해 있다. 포르노그래피적 상상력에 의해 배치된 인물의 감정은 어떤 주어진 순간에 그들의 행동과 일치한다. 혹은 신체적으로 방해받지 않는 한, '행동'으로 나타나기 직전의, 일종의 준비 단계로서의 '의도'와 일치한다. 포르노그래피는 감정을 드러내는 데 있어 조잡한 어휘를 사용하는데, 전부가 앞으로 일어날 행동의 방향과 관련되어 행동할 것 같은 감정(정욕) 혹은 행동하지 않을 것 같은 감정(수치, 두려움, 혐오감)으로 나타난다. 필요 없는 또는 비기능적 감정은 없다. 당면한 일과 무관한—그것이 사색적이든 심상적이든— 감정은 없다. 그러므로 포르노그래피적 상상력은 우주 그대로의 우주에 편재해 있다. 그곳은 같은 일이 반복적으로 일어나지만, 동시에 비교 불가능할 정도로 경제적이다. 연관성에 관한 한, 가능한 가장 엄격한 기준이 적용된다. 모든 것이 정욕적 상황과 연결되어야 한다.

포르노그래피적 상상력에 의해 제안된 우주는 절대적인 우주이다. 그것은 모든 것을 절충 가능한 정욕적 명령의 화폐로 환원하면서, 거기에 주입되는 모든 우려를 섭취하고, 변형시키고, 번역할 수 있는 힘을 가진다. 모든 행동은 일련의 성적 '교환'으로 여겨진다. 포르노그래피가 고정된 성역할을 거부하거나, 일정 종류의 성적 기호 혹은 성적 금기를 견디기 거부하는 이유는 '구조적으로' 설명할 수 있다. 양성애, 근친상간의 금기 무시, 그리고 포르노그래피에 공통적으로 나타나는 다른 유사한 특징은 교환의 가능성을 배가시키는 역할을 한다. 이상적으로 모든 사람이 다른 모든 사람과 성적으로 연결될 수 있어야 한다.

물론 포르노그래피적 상상력만이 절대적 우주를 제안하는 유일한 형태의 의식은 아니다. 현대의 기호논리학을 만들어낸 상상력의 유형 또한 절대적 우주를 제안한다. 논리학자의 상상력에 의해 제안된 절대적 우주에서, 모든 진술은 논리적 언어의 형태로 다시 쓰일 수 있도록 붕괴되고 연마된다. 일반 언어가 차지하는 부분은 간단히 없어진다. 종교적 상상력의 잘 알려진 상태 중 일부는, 또 다른 예를 들자면, 식인 행위와 같은 방식으로 작동한다. 종교적 양극성(성스러운 것과 모독적인 것)으로 포화된 현상으로 재해석하기 위해, 그들에게 주어진 모든 재료를 다 집어삼킨다.

후자의 예는 명백한 이유로, 현재 우리가 다루고 있는 주제와 맞닿아 있다. 종교적인 은유는 상당수의 현대 연문학erotic literature과—특히 주네의 작품에서— 일부 포르노그래피 문학작품을 채우고 있다. 《O의 이야기》는 O가 겪는 시련에 종교적인 은유를 많이 사용한다. O는 "믿기를 원했다." 그녀를 성적으로 사용하는 사람들에게 개인적으로 완전히 복속된다는 극적인 조건은 반복적으로 구원의 한 형태로 묘사된다. 비참하고 불안한 마음으로 그녀는 투항한다. 그리고 "그리하여 이때부터는 멈춤도, 버리는 시간도, 휴식도 없었다." 그녀는 확실히 전적으로 자신의 자유를 잃었지만, 사실상 성찬 의식으로 묘사된 것에 참여할 권리를 얻는다.

사랑하는 사람의 입술에서 나온, "벌려"라는 단어와 "다리를 벌린 채"라는 표현은 불안으로 그리고 에너지로 가득 차 있었다. 만약 내적 탈진과 성스러운 복종의 경험이 부재했다면, 설사 그가 아닌 신이 말했다 해도, 그녀는 그 말을 알아들을 수 없었을 것이다.

채찍이나 다른 잔인한 학대로 인해 고통받기 전, 그녀는 그 것들을 두려워한다. "하지만 모든 것이 다 끝났을 때, 그녀는 그 경험을 행복이라 여겼으며, 특히 잔인하고 오래 지속되면 더 행복해했다." 채찍질, 낙인과 신체 훼손은 금욕적 영성 훈련에 들어간 누군가의 신앙을 시험하는 의례적 시련으로(그녀의 의식의 관점에서) 묘사된다. 그녀의 첫 번째 애인과 슈테판 경이 요구한 '완전한 복종'은 예수회 수사나 선禪 수행자에게 명시적으로 요구되는 자아의 멸종을 상기시킨다. O는 "완전히 재구성되기 위해 그녀의 의지를 양보한, 빈 상태의 사람"으로, 자신의 의지보다 훨씬 강력하고 권위 있는 의지에 봉사하기에 적합하도록 만들어지는 것이다.

예상대로 《O의 이야기》의 종교적 은유의 직설적 솔직함은 그에 상응하는 솔직한 독서를 일깨웠다. 폴랑의 서문에 앞서 〈미국의 번역American translation〉에 이 소설에 대한 서문을 기고한 소설가 망디아르그는 《O의 이야기》를 '신비로운 작품'으로 묘사하는 데에 주저하지 않으며, 따라서 "엄격히 말하면, 성애적인 책은 아니다"라고 설명한다. 《O의 이야기》가 묘사한 것은 "완전한 영적 변화이며, 다른 사람들은 이를 극기라고 부른다." 그러나 문제는 그렇게 단순하지 않다. '마조히즘'으로 합축될 수 있는 이 책의 주제를 훼손하는 O의 심리 상태에 대한 정신분석을 무시해야 한다는 점에서, 망디아르그는 옳다. 폴랑이 말했듯, '주인공의 열정'은 전통적인 정신의학 어휘의 관점에서 완전히 설명할 수 없다. 이 소설이 사도마조히즘 극장의 전통적인 주제와 덫을 사용한다는 사실 자체가 설명되어야 한다. 그러나 망디아르그는 조금 덜 저속할지는 모르지만 꽤나 환원주의적인 오류에 빠졌다. 정신과적 훼손을 환원하는 유일한 대안이 종교적 어휘라는 것은 아니다. 그러나 오직 이 두 가지 압축된 대안만이 존재한다는 사실은, 과도하게 선전된 새로운 관대함에도 불구하고 여전히 이 문화를 지배하고 있는 성적 경험의 영역과 진지함에 대한 뼛속 깊은 무시를 다시 한 번 드러낸다.

나의 견해는 '폴린 레아주'가 성애적인 책을 썼다는 것이다. 《O의 이야기》에 내포되어 있는, 성애eros가 성스러운 예식이라는 개념은 문자 그대로, 작품의 (성애적) 감각의 뒤에 숨겨진 '진실'이 아니다.—O에게 가해진 노예화와 타락의 도발적 의례이다.— 그러나 정확히 말하자면, 그것을 위한 은유라 할 수 있겠다. 문장이 더 강한 것을 의미할 수 없는 경우, 더 강한 무언가를 말할 이유가 있는가? 그러나 종교적 어휘 뒤에 존재하는 본질적 경험에 대해 오늘날 지성인이 가지는 몰이해와 다름없는 이해에도 불구하고, 그 어휘에 들어간 감정의 고결함에 대한 신앙은 계속되고 있다. 종교적 상상력은 그것이 근본적이어서가 아니라, 절대적으로 작용하는 상상력의 믿을 수 있는 유일한 사례이기 때문에 인정받는 것일 터이다.

그렇다면, 지난 세기에 일어난 절대적 상상력의 극적이고 새로운 형태—특히 예술가, 성도착증 환자, 좌익 혁명가, 미치광이 등이 종교적 어휘의 권위를 만성적으로 차용해왔다는 사실은 놀랄 일이 아니다. 그리고 많은 종류의 절대적 경험은 종교적 상상력의 부활이나 전이로서만 인식되는 것 역시 놀랄 일이 아니다. 종교적 피막에 갇히는 것을 피하면서, 가장 진지하고 열렬하고 열정적인 수준에서 새로운 방식으로 이야기하려 노력하는 것은 미래의 상상력의 주요한 지적 과제 중 하나이다. 현 상태로는 모든 것이 매번 부활하는 종교적 충동에 재흡수될 수밖에 없으며, 《O의 이야기》에서 시작되어 마오에 이르는 모든 것의 생각과 감정은 평가절하된다. (철학을 통해 탈종교적 어휘를 만들고자 했던 가장 원대한 시도는 헤겔에 의해 이루어졌다. 그것은 종교적 어휘로 결집되는 열정과 신뢰, 감성적 타당성이라는 보물을 장악할 수 있었을 것이다. 흥미로운 그의 추종자들은 헤겔이 자신의 사상을 남겨놓은 메타 종교적 언어의 기반을 꾸준히 약화시켜왔다. 그들은 대신 역사주의라는 혁명적 형태의 과정적 사고를 사회적으로 그리고 실용적으로 적용하는 데 집중했다. 헤겔의 실패는 지적 경관을 가로막는 거대한 폐선처럼 누워 있다. 그리고 헤겔 이후의 그 누구도 같은 작업을 다시 시도할 만큼, 충분히 크지도, 거만하지도, 정력적이지도 않았다.)

그래서 우리는 아직도 기울어진 상태로 남아 있다. 우리를 둘러싼 절대적 상상력의 종류와 절대적 진지함의 종류란 과도하게 다양하다. 절대적 상상력 중 안전하게 독점을 지속했던 오래된 종교적 상상력이 18세기 후반에 무너지기 시작한 이래, 아마도 여기에서 고려되는 '현대' 서양의 언어로 표현된 포르노그래피의 이력에서 가장 깊은 영적 공명(동양 또는 이슬람 세계의 포르노그래피는 매우 다른 무언가가 되었다)은 인간의 열정과 진지함에 대한 이토록 광대한 좌절감이다. 대부분의 포르노그래피 문학과 영화와 그림이 우스꽝스럽고 기술이 부족한 것은 누가 보더라도 명백한 사실이다. 포르노그래피적 상상력의 전형적인 작품에 대해 덜 언급되는 것은 그들의 파토스이다. 대부분의 포르노그래피—여기서 논의된 책 역시 예외일 수 없다—는 성적인 훼손보다 더 일반적인 것을 가리킨다. 내가 말하고자 하는 것은 현대 자본주의 사회의 충격적 실패이다. 현대 자본주의는 집중과 진정성이라는 고귀한 자기 초월적 형태의 욕구를 충족시키기 위해, 고온의 환각적 집착으로 향하는 진정한 배출구를 인간의 끊임없는 감각에 제공하는 데에 실패했다. 한 명의 인간이 되고자 하는 욕구는 '개인성'을 초월하고자 하는 인간의 욕구만큼 중요하다. 그러나 이 사회는 그 욕구를 제대로 충족해주지 못한다. 사회가 주로 제공하는 것은 욕구를 파악하고, 행동을 시작하고, 행동의 의례를 구성하는 악마의 어휘이다. 우리는 자기 초월적일 뿐만 아니라 자기 파괴적인 생각과 행동의 어휘 가운데 선택의 여지를 제공받는다.

6

그러나 포르노그래피적 상상력은 단순히 심리적 절대주의의 형태로 이해되어서는 안 된다.—그중 몇몇은 우리가 더 많은 공감과 지적 호기심 또는 심미적인 소양을 가지고(고객이 아닌 감정가의 입장에서) 바라볼 수 있는 작품일지 모른다.

이 에세이에서 나는 몇 번에 걸쳐 포르노그래피적 상상력이 비록 타락하고 종종 인식할 수 없는 형식으로 제시되지만, 들어볼 가치가 있는 것을 말하고 있다는 가능성을 암시했다. 나는 그것이 인간이 가진 상상력의 굉장히 알아보기 힘든 형태를 가지고 있다 하더라도, 포르노그래피가 일정 정도의 진실에 기이하게 접근하고 있다는 사실을 상기해왔다. 여기서의 진실이란—감수성과, 섹스와, 개인의 개성과, 절망과 한계에 관한 것이다— 그것이 예술로 투영될 때 공유될 수 있다. (모든 사람은,

적어도 꿈속에서는 포르노그래피적 상상의 세계에서 몇 시간 또는 며칠 또는 더 오랜 기간을 머문다. 그러나 그곳을 떠나지 않는 주민만이 페티시와, 트로피와 예술을 만든다.) 그 담론 중 하나는 일탈의 시를 지식이라 부르기도 한다. 규정을 범하는 자들은 비단 규칙을 부술 뿐만 아니라, 다른 사람이 존재하지 않는 어딘가로 간다. 그리고 그는 다른 사람이 모르는 것을 알게 된다.

인간 상상력의 예술적 형태 또는 그것을 예술로 전화하여 생산하는 도구로 간주되는 포르노그래피는, 윌리엄 제임스에 의하면, '병든 마음'의 표현이다. 그러나 제임스는, 병든 마음의 정의를 건강한 마음보다 '더 넓은 범위의 경험'에 부여했을 때에만 옳다고 할 수 있다.

하지만 최근 몇 년 사이 포르노그래피 도서 전체가 페이퍼백의 형태로 아주 어린 아이들도 쉽게 접근할 수 있는 읽을거리가 되었다는 사실에 우려를 표하는, 합리적이고 예민한 사람들에게는 뭐라 말할 것인가? 아마도 한 가지밖에 없을 것이다. 그들의 우려는 정당하지만, 그것이 그리 급한 문제는 아니라는 것이다. 나는 결국 섹스란 더러운 것이기 때문에 섹스를 즐기는 책들 역시 더럽다고 느끼는 일반적인 사람들(TV에서 밤새도록 나오는 대량 학살의 방식으로 더러운 것은 아니다)을 얘기하는 것이 아니다. 포르노그래피가 더럽기 때문이 아니라, 포르노그래피가 심리적으로 왜곡된 사람들의 버팀목이 될 수 있다거나 도덕적으로 무감한 사람들을 잔인하게 만들 수 있다는 이유로 반대하거나 반발하는 소수의 사람들이 아직도 존재한다. 나 역시도 그 이유 때문에 포르노그래피에 대한 혐오감을 느낀다. 그리고 증가하고 있는 포르노그래피에 대한 접근 가능성에 대해서도 불편함을 느낀다. 그러나 이러한 우려는 다소 잘못 배치된 것이 아닌가? 진정 위험에 처한 것은 무엇일까? 지식 사용 자체에 대한 우려가 그것이다. 모든 사람이 지식의 주체로서 혹은 잠재적 주체로서 같은 조건하에 놓여 있지 않다는 이유로, 모든 지식이 위험하다고 감지하는 견해가 있다. 아마도 대부분의 사람은 '더 넓은 범위의 경험'을 필요로 하지 않을 것이다. 미묘하고 광범위한 정신적 준비가 되어 있지 않다면, 경험과 의식의 확대는 대부분의 사람에게 파괴적으로 작용할 수 있다. 그렇다면 다른 종류의 지식에 대해 현재의 대중이 가지고 있는 접근성에 대해서, 그리고 기계에 의한 인간 역량의 변형과 확장에 대해 우리가 가지고 있는 낙관적인 묵인에 대해서, 우리가 가지고 있는 무모하고 무한한 자신감을 정당화하는 것이 무엇인지 물어야만 한다. 포르노그래피는 이 사회에서 유통되는 많은 위험한 상품 중 하나일 뿐이며, 매력적이지 않을지 모르지만 인간이 겪는 고통으로 보면 그것은 덜 치명적이고 싸게 먹히는 품목인 것이다. 아마 몇몇 프랑스 작가와 지식인을 제외하고는, 포르노그래피는 대개 불명예스럽고 경멸받는 상상의 영역이다. 포르노그래피에 대한 평가는 포르노그래피보다 훨씬 더 유해한 많은 것들이 얻은, 높은 영적 신망의 정반대에 위치해 있다.

마지막 분석에서, 우리가 포르노그래피에 할당할 자리는 우리 자신의 의식과 우리 자신의 경험을 위해 설정한 목표에 달려 있다. 그러나 A는 자신이 스스로의 의식을 위해 지지하는 목표를, B가 수용하려는 것에 대해 기뻐하지 않을 수도 있다. 왜냐하면 A는 B가 충분히 자격을 갖추었다거나 폭넓은 경험이 있다거나 예민하다고 판단하지 않기 때문이다. 그리고 B는 자신이 공언한 목표를 A가 수용하는 것에 대해 경악하고 심지어 분개할 수도 있다. A가 그것을 수용할 때 그것은 염치없고 얕은 것이 된다. 아마도 서로가 서로에게 보이는 이웃의 능력에

대한 만성적인 의심—인간의 의식과 관련한 능력의 서열을 제
안하는—은 결코 모든 사람이 만족할 수 있도록 정리되지 않을
것이다. 인간 의식의 질이 매우 다양하다면, 어떻게 그게 가능
할 수 있겠는가?

　몇 년 전, 이 주제에 관한 에세이에서 폴 굿맨은 다음과 같이
썼다. "문제는 포르노그래피가 아니라, 포르노그래피의 질이
다." 정확하게 맞는 말이다. 이 생각을 훨씬 더 멀리까지 확장
해보자. 문제는 의식이나 지식이 아니라, 의식과 지식의 질이
다. 그리고 그것은 인간 주체가 갖는 완성도의 질—역대 가장
문제적인 기준—에 대해 고려해볼 것을 권유한다. 실제로 미치
지 않은, 이 사회의 대부분의 사람들도 기껏해봐야 조금 나은
혹은 잠재적인 미치광이라고 말하는 것은 그리 부정확한 얘기
같아 보이지 않는다. 그러나 이 지식에 따라 행동해야 하는 사
람이 있을까, 심지어는 진정으로 그렇게 사는 사람이 있을까?
너무 많은 사람이 살인과 인간성 말살, 성적 기형과 절망에 직
면해 있고 그 생각에 따라 행동한다면, 포르노그래피에 대해
분개하는 적들이 그리는 것보다 훨씬 더 급진적 검열도 당연시
될 것이다. 만약 그런 경우라면, 포르노그래피뿐 아니라 모든

형태의 진지한 예술과 지식—즉 모든 형태의 진리—이 수상쩍고 위험할 것이다.

◆ 수전 손택

1933년 1월 미국 뉴욕 출생. 소설가, 에세이스트, 문화 예술 평론가, 연극연출가, 영화감독. 주요 저서로 소설 《나, 그리고 그 밖의 것들》《인 아메리카》, 에세이 《해석에 반대한다》《사진에 관하여》《은유로서의 질병》《타인의 고통》 등이 있다.
2004년 12월 골수성백혈병으로 사망했다.

◆◆ 옮긴이 부선희

고려대학교에서 정치외교학을 전공하고 전문 번역가로 활동하고 있다. 옮긴 책으로 《달콤한 킬러 덱스터》《청바지 돌려입기(2, 3)》 등이 있다.

부위의 책

김태용◆

체험한 자는

체험 속에서

영원히

죽어가야만 한다.

_조세프 오쉬르 〈전갈자리〉에서

　어떤 책은 비난 속에서 사라졌다가 열광 속에서 되살아난다. 하지만 우리에게 그런 책이 있는지 모르겠다. 그런 책이 있다는 착각이 우리를 서가로 이끈다. 우리의 손이 잊힌 조상의 그림자 같은 책을 뽑아들게 만든다. 대부분의 책은 다시 조상들을 잊히게 만들지만, 어떤 책은 우리를 꼼짝 못하게 만든다. 부끄럽게 만든다. 간혹 정말 그렇다. 그 책은 우리를 발가벗긴다. 발가벗어서 부끄러운 게 아니라, 부끄러워서 발가벗게 만든다. 천천히 혹은 빠르게. 부끄러운 것은 우리가 어설프게 벗고 있다는 것을 알게 될 때이다. 완전히 벗겨진 자(벗은 자)는 부끄러울 여유가 없다. 하지만 다시, 부끄러움이 없다면 우리는 어떻게 자극을 받고 열광할 것인가. 지퍼를 내리고, 단추를 풀듯 책장을 넘길 것인가.

우리의 손을 우리의 피부에 닿게 만드는 책은 어디 있는가. 종이에서 피부로. 우리의 손에 결이 있는 것은 책장을 넘겨야 하기 때문이다. 또한 피부를 감촉해야 되기 때문이다. 가장 아름다운 종이는 피부다. 가장 더러운 살갗은 당신이 넘긴 페이지다. 어떤 피부는 말한다. 책을 만진 손만이 나를 만질 수 있어요.(더럽힐 수 있어요.)

어떤 이야기는 작가의 얼굴을 떠올리게 하고, 그의 이력을 들추어보게 만든다. 무엇이 이토록 이렇게 가능하게 했단 말인

가. 이야기라는 이름으로 우리를 발가벗기고 더럽히고 내쫓는가. 죽음의 시큼한 맛을 보게 하는가. 우리는 분명 바타유를 먼저 알고 이 책을 들추어보게 될 것이다. 그것이 이 책을 읽는데 하나의 걸림돌이 될 것이다.(그가 자신의 이름을 숨기고 '로드 오슈'라는 가명으로 책을 낸 점을 떠올려보자.) 극단에 놓인 많은 책들이 그렇듯 읽기 전에는 무지의 상태를 필요로 하고, 읽어나가면서 우리가 무지하지 않다는 것을 후회하게 될 것이다. 읽으면서 우리는 뭔가 찾으려 들 것이다. 무엇을. 왜. 여기서. 이렇게. 페이지를 넘길 때마다 손을 털어야 할 것이다. 이것은 더러워. 끔찍해. 하지만 이유가 있을 거야. 이유가 있어야 해.

누구나 머리가 성기였던 시절이 있다. 그 시절은 오래 지속되거나, 영원할 수도 있다. 머리는 항상 부풀어 있고, 벌어져 있고, 뜨거웠다. 머리성기. 그것은 고기가 되기 전(잘려나가고 도려내지는), 도살 직전의 흥분한 살덩이다. 우리가 지나온, 여전히 겪고 있는 머리성기 시절을 떠올리지 않기 위해서 우리는 책을 펼치지 않는다. 그 시절은 미성숙한 혼란기였을 뿐이라고, 지나간(지나갈) 것이라고 믿는다. 그러니까 보다 빨리 머리성기가

잘려나가기를 원한다. 그리고 잊히기를. 다시 떠올리지 않을
수 있게 되기를. 하지만 머리와 성기가 언제 다시 달라붙을지
우리는 모른다. 그것이 우리를 당혹스럽게 만들고 우리를 들여
다보게 만든다. 어떤 힘이 우리의 손에서 달걀을 떨어뜨리게
만드는 것일까. 달걀을 실수로 깨뜨린 사람은 그것을 들여다보
게 되어 있다. 정말 끔찍하군. 머리성기는 본다. 머리성기는 보
이는 이미지에 머리를 처박고 있다. (보이는) 이미지의 눈과 (읽
어야 하는) 이미지의 눈알. 눈은 깜빡이고 눈알은 터진다. 터져
서 흘러내린다. 우리의 다리 사이로. 더럽혀져가는, 더워져가는
우리를 또 다른 눈이 본다.

"나는 '더러운' 것으로 분류되는 것만을 좋아했다. 나는 반
대로 일상적인 방탕에 의해서도 흡족해하지 않았는데, 그
것은 일상적인 방탕이라는 것이 방탕을 더럽힐 뿐만 아니
라 고상하며 완벽할 정도로 순수한 무언가를 어떤 식으로
든 그냥 그대로 놔두기 때문이다. 내가 알고 있는 방탕은
내 육체와 사고뿐만 아니라 내가 그 사이에서 생각할 수 있
는 모든 것을, 즉 오직 배경의 역할만을 하는 광대하고 별

이 총총한 우주까지도 더럽힌다."

누가 이 더러운(더러워지고 싶은) 책의 첫 장을 넘길 것인가. 더럽다고 하지 않고 '성스러움 속의 어둠'이라고 읽는 것은 얼마나 이 책을 모독하는 것일까. 설령 바타유가 성스러움을 이해하려(이해시키려) 문학적 모독을 활용했다고 하더라도, (그는 문학에서 인간다움 – 동물되기의 틈을 탐구했으나 그 틈을 끝까지 상징적 언어로 메우려 하지 않았다. 어쩌면 틈이 더 벌어지도록, 문학 바깥의 언어를 사용했다. 그것은 한낮의 언어 카니발이지 결코 문학을 위한 위반과 역설은 아닐 것이다) 바타유의 사유를(혹은 핑계를) 배반하면서 읽어도 좋다. 잊힌 조상의 포르노그래피로.

가령 '에로티슴' 없이. 바타유의 문학적 이론과 이력 없이. 혹은 여타의 해설 없이. 심지어 '2부 – 일치들' 없이. 우리는 이것을 읽어야 한다. 이 글도 소설을 읽기 전에 읽어서는 안 된다. 부디. 여기까지 읽었다면 이야기로 돌아가라. 불가능하지만. 머리를 비우고 체험해야 한다. 체험은 몸이 겪는 모든 것, 그것뿐이다. 몸의 갈라짐이다. 갈라짐으로 우리의 몸은 열린다. 열려

서 너덜너덜해진다. 나아간다. 어디로. 내 몸이 닿은 모든 살과 사물의 각과 면으로. 덩어리로. 숨겨진 부위로. 부위. 그렇다. 이 책은 하나의 부위를 가리키고 있다. 확대된 부위. 집중된 부위. 열등한 부위에서 고등한 부위로. 되찾은 부위. 부위 그 자체다. 부위를 향한 무수한 표현 속으로. 언어의 음모 속으로. 속으로. 결국. 이끈다. 유혹한다. 다시 어디로. 여전히. 어딘가로. 잡아챈다. 흘린다. 흘리며 걸어간다. 체험은 이제 모험이 되고 모험은 잊힌 조상의 몸짓을 흉내내게 만든다. 부위를 갖게 한다. 우리 몸속의 숨겨진 부위가 드러난다. 자연스러운가. 그렇진 않다. 눈을 뜬 자는 그것을 외면할 권리가 없다. 자유의 영역은 아니다. 이 이야기가 순순한 영역의 포르노그래피를 넘어서고 있는 것은 부자연스럽다는 것이다. 언어가 작동하고 있다는 것이다. 제목이 지시하듯 눈과 달걀, 쇠불알, 태양, 다시 눈알로 이어지는 부위의 메타포가 이야기를 끌고 간다. 그리고 부위는 발음되는 것이다. 부위는 언어다. 근거 없는 이름의 언어.

"내가 '오줌 싸다uriner'라는 단어를 들으면 뭐가 생각나느 냐고 묻자 그녀는 면도칼로 눈을 '후비는buriner' 것, 무엇인가 빨간 것, 태양이라고 대답했다. 그러면 달걀은? 머리(송아지의 머리) 색깔 때문에, 또한 달걀의 흰색이 눈의 흰색이고 달걀의 노란색이 눈동자의 노란색이어서 송아지의 눈이 생각난다고 말했다. 그녀의 말에 의하면 눈의 모양은 또한 달걀의 모양이었다."

"그녀는 '눈을 깨뜨리다casser un oeil'라고 말하기도 하고 '달걀을 터뜨리다crever un oeuf'라고 말하기도 하면서 즐겁게 말장난을 했는데, 그런 말의 근거는 타당성이 없었다."

이제 막 성기에 눈을 뜨고 언어를 배우기 시작한 아이가 자신의 성기를 반복적으로 중얼거리며 비슷한 언어를 찾아내듯 그들의 놀이는 유아적이고 맹목적이다. 자신들만의 놀이를 위해 모든 것을 끌어당기고 파괴한다. 반복한다. 모든 것이 부위의 언어 자장 속에서 맴돈다. 이것이 나쁠 이유는 없다. 아니, 나빠서 좋다. 부위를 가지고 놀 줄 아는 자의 쾌락. 책도 하나의 부위라면 우리는 그것을 즐길 필요가 있다. 그래야 한다. 모두가 즐길 필요는 없고 여유도 없다. 책을 벌리면 부위가 보인

다. 좀 더 벌려보라. 이 책은 당신에게 하나의 부위가 되기를
원한다.

"그녀는 무릎 위까지 올라오는 긴 실크 양말을 신고 있었
는데, 그녀의 엉덩이(내가 시몬에 대해서 늘 썼던 이 명사
는 특히 나에게는 성을 뜻하는 명사 중에서 가장 아름다운
것이었다)까지는 보이지 않았다. 단지 나는 앞치마를 좌우
로 살짝 벌리면 그녀의 음란한 부위를 적나라하게 볼 수 있
지 않을까 하고 생각할 따름이었다."

강박적으로 반복되고 증폭되는 이야기는 상대의 손에 몸을
맡긴 자의 옷가지가 벗겨지는 것처럼 자연스러워보일 수도 있
다. 과연 그러한가. 아니, 어떤 의도대로 그들은 움직이고 있다.
누군가의 시선에 갇혀. 그것이 우리의 흥분 속도를 늦추게 만
든다. 사실 그렇다. 그들의 쾌락이 우리의 쾌락으로 쉽게 전이
되지는 않는다. 하나의 표현만 떼어낸다면 가능할지도 모르지
만 극단으로 몰고가는 언어가 오히려 그것을 방해하고 있다.
이것이 바타유의 목표였을까. 이 얼마나 또 지루하고 나른하고

허무한 모험이란 말인가. 우리는 여기에 속아넘어갈 수 있을까. 벗기고, 깨물고, 할퀴고, 잡아뽑고, 쑤셔넣고, 굴리고, 조르고, 버리고, 떠나는 일련의 기계적인 행위 속에서 우리는 성기만 드러낸 채 수음할 수 있을까. 체험 속에서 우리는 체념하게 된다. 독자로서 무장해제되었고 이제 나를 마음대로 해도 좋아, 라고 말할 순간은 쉽게 오지 않는다. 우리는 오히려 단추가 풀어지지 않았나, 지퍼가 열리지 않았나 의심하게 될지도 모른다.

　"우리가 진짜 현실적인 세계를, 오직 옷 입은 사람들로만
　이루어진 세계를 떠나기 시작한 시간은 이미 너무도 먼 옛
　날이어서 우리는 아무런 힘도 쓸 수 없는 듯 느껴졌다."

　우리는 그저 경악 속에서 지켜볼 뿐이다. 그러나 그들은 얼마나 사랑스러운가. 아름다운 동물기계인가. 한낮의 광기 속을 걷고 있는 그들을. 그들의 이름을 불러보고 그들의 몸을 떠올려본다. 자, 여기 그들이 있다. 사랑하는 우리의 부위. 귀여운 이름들. 성적인 것에 극도로 불안에 떠는 내가 먼저 있고, 엉덩이로 등장하는 시몬이 뒤따라오지만 이야기가 진행될수록 시

몬은 나이고, 나는 시몬이라는 것을 알게 된다. 시몬이 없을 때 나는 내가 아니고 내가 없을 때 시몬은 시몬이 아니다. 이것은 사랑인가. 사랑, 그것은 그렇게 간단한 게 아니다. 둘만의 이야기였다면 선정적인 로맨스에 불과했을 것이다. 둘은 이야기를 끌어가고 있지만 지배하고 있지 않다. 그들의 역할놀이는 자주 다른 이에게 떠맡겨진다. 떠맡겨지는 동시에 함께 되어간다.

"우리는 그녀에게 손짓을 했다. 그녀는 귀까지 빨개졌다. 나는 울먹이는 시몬의 이마를 다정하게 어루만져주었다. 시몬은 그녀에게 손키스를 보냈고, 그녀도 거기 응답했다. 시몬은 배를 따라 손을 음모까지 내려뜨렸다. 그러자 마르셀이 시몬의 행동을 따라하면서 창가에 한 발을 올려놓았다. 흰색 실크 양말에 황금색 엉덩이 바로 밑까지 꽉 조인 다리가 드러났다."

우리를 불러내자. 그들은 우리를 필요로 한다. 우리는 그들의 마르셀이고(순결한 육체), 투우사 그라네로이고(근육의 육체), 금발의 사제이다(성스러운 육체). 때로는 에드먼드 경이다.(소설이 이어진다면 에드먼드 경도 죽게 될 것이다. 에드먼드 경이야말로 이야기의 후반부를 지배하는 수줍은 동시에 광포한 시선이다. 사라졌다 나타나는 우리의 눈을 닮은. 부위의 육체이다.) 우리가 누구이건 그들은 우리를 필요로 한다. 그들은 스스로 터지지 못한다. 그들의 사랑이 부족해서가 아니다. 그들의 쾌락은 타자의 시선 속에서만, 오브제를 통해서만 분출될 수 있다. (우리의 사랑을 떠올려보자. 둘을 위한 수많은 공간과 인물과 언어와 사물들을.) 분출을 위해 우리는 기꺼이 희생자가 될 수 있다. 우리가 없다면 그들은 완성되지 못한다. 우리는 그들의 끈적끈적하고 흘러내리는 부위이자 파리 떼가 들끓는 죽음이다.

죽음은 반복되고 반복된다.

"죽음이야말로 내 음경의 발기에 대한 유일한 해결 방법이
 므로 시몬과 나는 죽으면, 우리는 견디기 힘든 우리의 환각
 의 세계가 사라지는 대신 외부의 시선들과 아무런 관련도
 맺지 않으면서 인간의 지연이나 우회 없이 있는 그대로의
 모습으로 영상화되는 순수한 별들이 반드시 나타날 것이

었……."

우리는 이들에게 어떤 판단도 내릴 수 없다. 다만 이들의 다음 모험을 기대할 수 있을 뿐이다. 벌거벗은 자연 속에서. 조금 더 죽음을 맛보고 싶다. 결코 끝나지 않는 체험 속에서 길고 지루하게 죽음을 반복해야 한다. 죽음 속에 영원히 살 수 있는 방법. 이야기가 끝나지 않을 수 있는 방법. 누군가 이 이야기를 이어 쓰기를, 쓰다 말기를 기다린다. 같지만 다른 부위의 책을. 만지고 싶다.

책이라는 부위를 덮고 손이라는 부위를 씻으며, 바타유의 손을 상상해본다. 책장을 넘겼던 손. 음경을 움켜쥐었던 손. 미친 아버지의 오줌통을 비웠던 손. 거울을 보며 입술을 만지던 손. 이니셜 J로 시작하는 매춘부의 음모를 쓰다듬던 손. 머리에 기름을 바르던 손. '로드 오슈'라는 이름을 떠올린 날의 손. 임종 직전의 손. 누가 그의 손을 만져보았을까. 어떤 책이. 어떤 동물이. 어떤 태양이. 그리고 어떤 눈이. 그러했을 것이다. 신의 오줌 자국이 묻어 있는 책. 오줌을 싸지 않고는 못 견디는 여성.

그리고 남성. 오줌에 물든 눈. 오줌을 말리는 태양. 오줌. 우리가 이 책에 다 읽고(과연 다 읽는다는 것은 무엇인가) 자신의 부위를 꺼내 오줌을 쌀 수 있다면 그것보다 더한 사랑은 없을 것이다. 오줌을 싼 뒤에는 성기를 털거나 휴지로 닦지 말고 그대로 다시 넣어두기를. 그 축축함이 자신의 부위를 깨닫게 할 것이다. 부디 이 책이 이성의 부위가 아닌 육체의 부위의 책으로 남기를. 학자와 작가의 서가보다 수줍은 소년소녀들의 뒷주머니에 더 많이 꽂혀 있기를 근거 없이 바란다.

◆ 김태용

소설가. 한국일보문학상. 문지문학상. 김현문학패 등을 수상했다. 주요 작품으로는 소설집《풀밭 위의 돼지》《포주 이야기》, 장편《숨김없이 남김없이》《벌거숭이들》등이 있다.

1897년	9월 10일 프랑스 남부 오베르뉴 지방 퓌드돔의 비용에서 출생. 아버지는 매독 환자에 장님이었다.
1901년	가족이 프랑스 북부의 도시 랭스로 이주한다.
1914년	가족의 비종교성과 결별하고 가톨릭 신자가 된다. 제1차 세계대전이 발발하자, 아버지를 가정부에게 맡기고 어머니와 함께 랭스를 떠난다. 후에 바타유는 이에 대해 아버지를 유기한 것이라고 밝혔다. "어머니와 나는 독일군이 진군해오자 8월 14일 그를 버렸다."
1915년	성직자 혹은 수도사가 될 것을 꿈꾼다. 극심한 우울증을 앓던 어머니는 정신착란을 일으켜 자살을 기도하고, 아버지는 랭스에서 홀로 고독 속에 사망한다. 후에 바타유는 이에 대해 다음과 같이 썼다. "죽어가는 아버지의 불안에 대해 관심을 갖는 사람은 지상에도, 천상에도 없었다."
1916년	전쟁에 동원되었으나, 폐결핵으로 제대한다.
1917년	캉탈의 생플루르 신학교에 입학, 사제가 되기 위해 신학을 공부한다.
1918년	여섯 페이지 분량의 〈랭스의 노트르담Notre-Dame de Re-

ims〉이라는 소책자를 처음 자기 이름으로 발표한다. 파리 국립고문서학교에 입학하며, 파리에 정착한다.

1920년	영국 런던을 여행하던 중 앙리 베르그송의《웃음Le Rire》을 접하고, 종교보다 육체가 더 본질적임을 깨닫고, 신앙에 대해 흔들리기 시작한다.
1922년	신앙과 완전히 결별한다. 국립고문서학교를 졸업하고, 마드리드로 여행을 떠난다. 마드리드 투우장에서 젊은 투우사 마뉘엘 그라네로가 눈과 두개골에 뿔이 박혀 죽는 끔찍한 장면을 목격한다(《눈 이야기》중 〈그라네로의 눈〉). 여기서 바타유는 폭력과 공포가 더없는 쾌감일 수 있음을 경험한다.
1923년	레옹 체스토프의 권유로 니체의 글을 접하며, 니체의 세계에 심취한다.
1924년	초현실주의 작가 미셸 레리스와 화가 앙드레 마송을 만난다.
1925년	초현실주의 작가들과 로트레아몽의 작품을 읽으며 토론한다. 초현실주의 작가들과 친분을 유지하지만, 진영의 일원이 되지는 않는다. 이 시기에 바타유는 헤겔의 저서

	들을 읽기 시작한다. 알프레드 메트로로부터 마르셀 모스를 알게 되고, 이후 마르셀 모스의 세계에 입문한다.
1926년	보렐 박사에게 정신분석을 받기 시작한다. 바타유는 일년 동안 진행된 정신분석 덕분에 글을 쓸 수 있게 되었다고 말한다. 그의 '최초'의 작품인(처음으로 언급한) 〈W.C.〉를 쓴다. 그러나 '광인의 문학이라고 할 수 있는' '온갖 위엄에 대해 난폭할 정도로 적대적인' '나의 방탕함이 아닌 나에 대한 공포인' 이 원고를 파기시켜 불태워버린다.[*] 예술·고고학 계간지인 〈아레튀즈Aréthuse〉에 참여한다.
1927년	《눈 이야기》 집필을 시작한다. 정치이론가이자 초현실주의 작가인 앙드레 티리옹을 알게 된다.
1928년	실비아 마클레[**]와 결혼한다. 《눈 이야기》를 마무리짓고 '로드 오슈'라는 필명으로 출간한다.
1929년	조르주 앙리 리비에르와 함께 잡지 〈도퀴망Documents〉

---

[*] 〈디르티〉 장은 뒤에 《하늘의 푸른빛》에 다시 쓰이게 된다.
[**] 장 르누아르의 영화 〈들놀이〉에 주인공으로 출연한 영화배우.

을 창간하여 편집장으로 일하며 여러 글을 기고한다. 〈도퀴망〉을 통해 초현실주의 진영의 수장인 브르통을 비난하며, 초현실주의자들과 첨예하게 대립한다.

1930년 로베르 데스노스와 함께 〈시체Un Cadavre〉라는 집단 팸플릿을 발표한다. 여기에는 브르통을 '느림보의 영혼', 자크 프레베르를 '그리스도의 머리를 가진 프레골리'***, 비트락을 '사기꾼', 레리스를 '시체를 먹고 사는 자', 리브몽 데세를 '밀고자'로 적고 있다. 이렇게 바타유는 브르통과 완전한 적대 관계에 돌입하며, 공개적인 방식으로 논쟁을 계속한다.

1931년 《태양의 항문L'Anus solaire》이 출간된다. 〈도퀴망〉이 폐간되고, 보리스 수바린이 편집장으로 있는 공산주의 진영의 잡지 〈사회비평La Critique sociale〉에 글을 기고한다.

1932년 레이몽 크노와 함께 〈사회비평〉에 〈헤겔 변증법의 기초에 대한 비판Critique des fondements de la dialectique hégélienne〉을 기고한다.

*** 당시 유명했던 이탈리아 배우. 다양한 역을 능숙하게 소화하는 희극적 재능으로 전세계에 이름을 떨쳤다.

1933년	모스의 《증여론Essai sur le don》에 영향을 받아 쓴 〈소비의 개념La notion de dépense〉을 〈사회비평〉에 기고한다. 또 파시즘에 대한 투쟁의 일환으로 〈파시즘의 심리 구조 La structure pstchologique du facisme〉를 〈사회비평〉에 발표한다.
1934년	아내 실비아 마클레와 헤어지고, 문란한 생활을 영위한다.《하늘의 푸른빛》에서 술판과 밤샘과 섹스의 힘을 빌려 죽음에 맞닿게 될 때까지 자신을 소비하는 트로프만은 바타유 자신일지도 모른다. 보리스 수바린의 애인 콜레트 페뇨를 만나 사랑에 빠진다. 루이 트랑트라는 필명으로 《아이Le Petit》를 출간한다.
1935년	반파시즘 혁명투쟁 조직인 '반격Contre-Attaque'을 창설한다. '반격'의 창설을 위해 브르통과 일시적으로 화해하지만, 이내 격심한 내부 분열에 시달린다.《하늘의 푸른빛》을 탈고하나, 출간은 나중으로 미룬다.
1936년	잡지 〈무두인Acéphhale〉을 창간하고, '반격'을 해체한다. 앙드레 마송의 에칭 작품 다섯 장을 실은 《희생제의Sacrifices》를 출간한다.

1937년	사회에 존재하는 신성을 탐구하기 위해 로제 카이유아, 미셸 레리스와 함께 '신성사회학회Le Collège de sociologie sacrée'를 창설한다.
1940년	〈죄인Le Coupable〉의 집필을 시작한다. 모리스 블랑쇼를 알게 되고 돈독한 관계를 유지한다.
1942년	폐결핵이 재발하여 악화되면서 국립도서관 사서직을 그만둔다.
1943년	최초로 조르주 바타유라는 실명으로 《내적 체험L'Expéri-ence intérieure》을 출간한다. 파리를 떠나 베즐레에서 디안 보아르네를 만나 연인이 된다.
1944년	《죄인》《대천사L'Archangélique》를 출간한다.
1945년	사르트르가 〈새로운 신비주의Un nouveau mystique〉라는 글에서 바타유의 《내적 체험》을 비판한 것에 대한 답으로, 바타유는 《니체론Sur Nietzsche》을 출간한다.
1946년	문학평론지 〈크리티크Critique〉를 창간한다.
1947년	《할렐루야L'Alleluiah》《명상의 방법》《쥐 이야기Histoire de rats》《시의 증오Haine de la poésie》를 출간한다.
1948년	《종교의 이론Théorie de la religion》을 출간하고, 그 외에도

많은 글을 잡지에 기고한다.

1949년   《에포닌Eponine》과 바타유의 가장 탁월하고 대표적인 저서로 평가되는《저주의 몫La Part maudite》을 출간한다.

1950년   《C 신부L'Abbé C》를 출간한다. 사드의 《쥐스틴 혹은 미덕의 불행Justine ou les malheurs de la vertu》의 서문을 쓴다.

1955년   《선사시대의 미술, 라스코 혹은 예술의 탄생La Peinture pre-historique: Lascaux ou la Naissance de l'art》과 《마네Manet》를 출간한다.

1957년   《하늘의 푸른빛》《문학과 악La Litterature et le mal》《에로티슴L'Erotisme》을 출간한다.

1959년   《질 드 레 재판Le Procès de Gilles de Rais》을 출간한다.

1961년   마지막 저술 《에로스의 눈물Les Larmes d'Eros》을 출간한다.

1962년   《시의 증오》를 '불가능L'Impossible'이란 제목으로 다시 출간한다. 7월 8일 오전에 파리에서 사망한다. 베즐레의 작은 묘지에 묻힌다. 이름과 생몰연도만 새겨진 수수한 비석이 세워진다.

1966-1967년《나의 어머니Ma Mère》와 《시체Le Mort》가 사후 간행된다.

| 1970년 | 갈리마르 출판사에서 미셸 푸코의 서문이 실린 바타유의 《전집Oeuvres complètes》 1권이 출간된다. |
| 1988년 | 마지막 12권의 간행으로 《전집》이 완간된다. |

옮긴이 이재형

한국외국어대학교 프랑스어과 박사과정을 수료하고 한국외국어대학교, 강원대학교, 상명대학교 강사를 지냈다. 지금은 프랑스에 머무르면서 프랑스어 전문 번역가로 일하고 있다. 《프랑스 유언》《어느 하녀의 일기》《레이스 뜨는 여자》《구뻬 씨의 시간 여행》《밤의 노예》《마르셀의 여름》《황새》《신혼여행》 등의 소설을 비롯해 《세상의 용도》《나는 걷는다 끝》 등의 여행서와 《프로이트, 그의 생애와 사상》《사회계약론》《걷기, 두 발로 사유하는 철학》 같은 인문서 등 다양한 분야의 책을 우리말로 옮겼다.

눈 이야기

1판 1쇄 발행 2017년 3월 30일　**1판 3쇄 발행** 2022년 4월 10일

지은이 조르주 바타유　**옮긴이** 이재형
펴낸이 고세규
편집 장선정
디자인 이은혜

발행처 김영사
주소 경기도 파주시 문발로 197(문발동) 우편번호 10881
등록 1979년 5월 17일(제406-2003-036호)
구입 문의 전화 031)955-3100　**팩스** 031)955-3111
편집부 전화 02)3668-3295　**팩스** 02)745-4827　**전자우편** literature@gimmyoung.com
비채 카페 http://cafe.naver.com/vichebooks
트위터 @vichebook　**페이스북** www.facebook.com/vichebook

ISBN 978-89-349-7604-2 04860　책값은 뒤표지에 있습니다.

이 도서의 국립중앙도서관 출판시도서목록(CIP)은 서지정보유통지원시스템 홈페이지(http://seoji.nl.go.kr)와 국가자료공동목록시스템(http://www.nl.go.kr/kolisnet)에서 이용하실 수 있습니다. (CIP제어번호: CIP2017006151)

비채는 김영사의 문학 브랜드입니다.